KB269849

산책자의 마음

산책자의 마음

도망친 곳에서 발견한 기쁨

정고요 에세이

엘리

도망친 곳에서 발견한 기쁨

차
례

실직을 해서 우리가 알게 된 것

우리는 일곱 시에 산책을 하기 위해 집을 나섰다. 우리의 산책이 끝나는 길의 끝에 흰개가 우리에 갇혀 있었다. 흰개를 우리는 흰둥이라고 불렀다. 우리에게 바꿀 수 있는 것은 많지 않았다. 우리의 작은 세계에서 흰둥이는 흰둥이었다. 우리는 전국의 흰개들을 흰둥이라 불렀다. 새로 정착한 마을에서 흰개 한 마리씩은 꼭 보았다. 우리는 전국을 떠도는 중이었다. 특별시 다음에 광역시 다음에 소도시 다음에 군과 읍과 리. 우리는 중심에서 멀어져 바깥으로 바깥으로 떠도는 중이었다. 정착이라는 말보다 불시착이라는 말이 우리에게 어울렸다.

어느 날부터 우리는 다섯 시에 산책을 나섰다. 우리 중 하나가 실직을 해서였다. 우리에 늘 갇혀 있는 줄 알았던 흰둥이가 주인 남자와 산책을 하고 있었다. 우리의 작은 세계에 금이 가고 있었다. 우리 중 하나가 남자에게 물었다.

개의 이름이 무엇인가요?

난이.

우리 중 하나가 못난이의 난이인가요, 물었다. 남자는 못 들은 체했다. 우리 중 다른 하나가 우리 중 하나의 팔뚝을 세게 꼬집었다. 아야. 우리 중 다른 하나는 낮달의 뒷면이라도 본 것처럼 호들갑을 떨었다. 흰둥이의 진짜 이름은 난이다. 난이는 온종일 우리에 갇혀 있지 않다. 난이는 다섯 시면 산책을 한다. 우리 중 다른 하나가 난이에게 말을 걸었다.

나니(なに)?

뭐! 뭐!

우리는 물었으나, 흰개는 우리와 똑같은 말로 짖었다. 동어반복 대화였다. 우리가 머무는 진짜 세계의 화법이었다. 우리의 작은 세계에 금이 가고 있었다. 해가 지고 있었다.

해변을 산책할 때 주머니가 필요한 이유

볕이 좋은 날에는 송정해변에서 안목해변까지 걷는다. 걸으면서 파도를 듣고 갈매기를 관찰하고 하늘을 올려다본다. 걸음을 옮길 때마다 모래 속으로 발이 빠지는 감각을 즐기고 사람들을 구경하는 걸 좋아한다. 자그마한 것들을 줍기도 한다. 모양이 훼손되지 않은 조개껍데기나 훼손되었대도 변함없이 아름다운 조개껍데기, 왠지 마음에 들어오는 돌멩이(볕의 감촉이 남아 있는 따스한 돌멩이를 손에 쥐는 것은 볕 쬐는 고양이의 털을 쓰다듬는 것만큼이나 황홀하다), 돌돌 말린 양피지를 연상시키는 바짝 마른 나무줄기, 처음에 발견하였을 때 너무 정교해 자연적으로 만들어진 것인지 의심스러웠던 연잎성게 뼈대 같은 것. 이런 것들을 왼 손바닥에 모았다가 주머니에 넣는다. 유독 빛나 보이는 모래 몇 알도 넣는다. 어느 날은 모래들이 세상에서 가장 조그만 빛 저장소처럼 보이기 때문이다. 주머니가 볼록해질 때쯤엔 생각한다. 아, 이러라고 주머니가 있는 거구나.

해변 산책을 하고서 집에 돌아와 목록을 적는다. 후에 내가 쓴 소설의 일부가 되는 목록이다. 사랑하는 존재 곁에 늘 머무는 유령이 되는 목록. 하늘 아래 꼭 둘만 있는 것처럼 우애가 깊었던 소설 속 자매는 이 목록을 모으면 죽어서도 함께 있을 거라 믿었다. 소설을 쓰고서 몇 년 후에는 이를 약간 비틀어 시를 쓰기도 했다. 그 생각은 너무 집요한 것이었다고. 우리는 놓을 줄도 알아야 한다고.

눈물을 밀봉한 용기, 코피를 틀어막았던 솜뭉치, 시를 써 내려간 종이, 아끼는 찻잔의 손잡이, 올 풀린 목도리, 누군가에게 받은 고백 편지, 연인이 준 이별 편지, 수선화 일곱 송이, 푸조나무 가지, 생일 날짜 종이 신문 한 부, 낡은 겨울 외투, 왼손 다섯 번째 손가락의 손톱 일부, 오른발 세 번째 발가락의 발톱 일부, 동쪽 해변의 모래 한 줌, 정수리에서 뽑은 머리카락 한 올, 콧물이 말라 딱딱해진 가제 수건, 커버가 바랜 책 한 권, 가장 아끼는 시집 한 권, 부치지 않은 편지 백한 편, 추워지면 가장 먼저 꺼내 입는 니트, 낡은 트렁

크, 좋아하는 선율의 악보, 작아진 수영복, 속눈썹 열일곱 가닥, 처음으로 탄 자전거의 핸들 장식, 잃어버렸다 찾은 적 있는 모자, 피아노의 검은 건반 하나, 하얀 건반 하나, 현악기의 줄 하나, 겨우살이 한 움큼, 해진 신발 한 켤레, 고양이의 수염 스물세 개, 연잎성게 뼈대 다섯, 강의 하류에서 주운 조약돌 셋, 영화표 두 장, 기차표 한 장, 함께 잠자리에 들던 인형.

이 목록은 모두 서른일곱 개이고 목록에 나오는 숫자는 모두 소수이다. 소수를 좋아한다. 1과 자신만 약수로 갖는 수이기 때문이다. 세상에 소수처럼 관계하는 존재들을 위해서 쓴 목록.

해변에 있을 때도 이렇다. 결국엔 나와 해변만 있는 것 같다.

[시]

유령

사랑하는 존재가 죽으면 유령이 된다. 정확히는 유령이 생긴다. 존재에게 쏟았던 감정에 꼭 맞는 육체가 없어서 이 감정은 세상을 떠돌게 되니까. 세계에 뚫린 존재의 구멍을 실체 없이 메우려 하기 때문에 그 존재의 생김새와 같은 유령이 되어.

유령이 떠돌기만 하면 되는데 유령이 다른 육체에 깃들면 세계에 균열이 생긴다. 유령이 깃든 다른 육체를 사랑한 적이 있다. 내가 사랑한 건 유령도 육체도 아니었다. 유령과 육체를 더한 다음 둘로 나눈 것도 아니었다. 유령도 아니고 육체도 아닌 무엇이어서 나는 내가 사랑한 것이 무엇이었는지 결코 알 수 없었다. 나의 세계는 이 균열 때문에 무너져내렸고 무너진 세계 속에서 나는 한 번 죽었다. 한 번 죽고 살아남아

서 내가 사랑한 것이 무엇이었을까 생각했다. 가끔은 아주
집요한 생각도 유령이 된다.

해변에서 조개껍데기를 줍는다는 것

엊그제는 일기에서 이런 문장을 발견했다.

내가 해변에 가서 더 이상 이런 것들을 줍지 않으면 내 인생
은 아마 거기서 끝난 걸 거야. [2018년 9월 7일]

외출 후 재킷을 벗다가 주머니에서 좋아하는 모양의 조개껍
데기와 조약돌과 천 원짜리 지폐 한 장을 발견한 날, 왼 손
바닥에 이것들을 펼쳐놓고 웃었다. 안도의 웃음이었다. 지난
계절의 나는 다음 계절의 내가 이렇게 미소 지을 줄 알았던
걸까. 의도적이든 비의도적이든 망각은 소중하다고, 중얼거
렸다. 기억과 망각은 동등하게 중요하다. 망각이 없다면 기
억이 귀하지 않을 테고 기억이 없다면 망각이란 있을 수도
없다.

　　해변에서 조개껍데기를 줍는 것을 좋아한다. 이름을 모르는 채로. 쓸모가 없는 채로.

　　해마다 처음으로 바다와 내 발이 만나는 날을 기록한다.

오늘 만난 물결은 어쩌면 작년에 만났던 물결인지도 모른다. 바다에 가면 연인들을 본다. 사진을 찍는 연인들. 여자가 말했다. "다리가 길어 보이게 찍어줘." 바다가 이런 말들을 더 많이 들으면 좋겠다고 생각했다. 해변으로 밀려온 것들은 모두 죽은 것들이었는데 아름다웠다. 꿈에서 주운 조개껍데기를 신기하게도 실제로 주웠다. 나비 한 마리가 필사적으로 바다에서 멀어지고 있었다. 〔2019년 5월 6일〕

시를 짓는 것은 때로는 해변에서 조개껍데기를 줍는 일과 같다. 무한에서 하잘것없는 유한의 집을 짓는 일, 그리고 다시 무한으로 나아가는 일. 현실과 다른 게 있다면 시에서는 해변에서 조개껍데기를 줍기 위해 때때로 내가 해변부터 만들어야 한다.

　　어느 날은 한데 모은 조개껍데기와 조약돌과 모래

알 들에 해당화 꽃잎 한 장을 슬며시 더한다. 해당화 꽃잎 한 장의 향기만으로 잃어버린 좋은 감정의 일부가 돌아오는 기분이라서.

돌아오는 길에, 해풍에 머리가 헝클어지지 않기 위해 쓴 챙 모자를 고쳐 쓰면서 생각한다. '모자를 샀어'의 반대말은 '모자를 팔았어' 같은 말이 아니라 '꿈에서 모자를 샀어'라고.

현실에서는 모자의 가치에 대해서 값을 내지만 꿈의 방식으로 모자를 사면 모자의 가치를 사는 게 아니다. 꿈에서는 모자의 존재를 산다. 누군가를 사랑하는 일 또한 이와 비슷하다. 누군가의 가치 때문에 누군가를 사랑하는 게 아니다. 누군가의 존재만으로 사랑하기엔 충분하다.

해변 산책에서 돌아오면 거울 속에 빛나는 나의 얼굴이 있다. 해변으로부터 방금 "사랑해"라는 고백을 받은 듯한 나의 얼굴이.

[시]

너와 나의 거리는 꿈이다

생각을 많이 하면 생각이 꿈에 나온다. 너는 내게 꿈 같은 사람이니까 나는 네 생각을 많이 하고 이 생각이 꿈에 나온다. 시몬 베유는 꿈에 불가능이 없는 대신 무능력이 있다고 했다.(시몬 베유의 『중력과 은총』에 나오는 말이다.) 네가 꿈에 나오면 나는 가능하지 못할 게 없지만 여전히 무력하다. 당신은 사랑받기 위해 태어난 사람, 이라고 모두가 말할 때 시몬 베유는 신이 어떻게든 나를 사랑해야 하는 이유를 모르겠다는 사람이다. 나는 시몬 베유가 좋다. 지금부터 한 사람의 글만 읽을 수 있다면 어쩌면 아마도 시몬 베유일 수 있다고 생각할 만큼. 네가 좋은 이유는 모르겠다. 지금부터 한 사람만 좋아할 수 있다면 어쩌면 아마도 너일 거야, 생각하지만 네가 나를 좋아해야 하는 이유도 모르겠다. 너의 가치 때문에 너를 좋아하는 게 아니라 너의 존재로 너를 좋아한다. 이를테면 모자를 샀다, 의 반대말은 꿈에서 모자를 샀다, 는 말이라고 생각한다. 현실에서 모자를 사면 모자의 가치에 대해서 값을 내지만 꿈에서 모자를 사면 모자의 가치를 사는 게 아니다. 모자의 존재를 사는 거다. 나는 너의 존재를 산다. 너의 존재를 높이 산다. 네가 내 삶에 나타난 사건을 추앙한다. 너를 보는 나의 시선은 높지만 나는 너와 미래를 향하려는 게 아니다. 현실을 사는 방식으로가 아니라 꿈을 꾸는 방식으로 너를 좋아한다. 너를 지나치게 좋아하지 않으려고는 한다. 내가 네게 느끼는 한계는 내가 너를 좋아한다는 증거이다. 너를 너무 좋아하면 네가 네가 아니게 될 수도 있으니까. 나는 내가 좋아하는 게 무엇보다 너였으면 한다. 너 아닌 너를 좋아하는 불상사가 없기를 바라지만 불가능하리라는 것도 안다. 너를 상상하지 않고 차라리 꿈꾼다. 밤의 두께를 뚫고 지나온 네가 꿈에 나오면 너는 생각이 된다. 아침에 일어나자마자 꿈에 네가 나왔네, 하고 생각하니까. 하루도 너를 생각하지 않는 날이 없다. 너를 생각해서 생각하고 너를 생각하지 않겠다고 다짐해서 생각하고 너를 한 번도 생각하지 않았네 하고 생각하고는 만다.

하루의 끝에 닿아, 뺨을 한 뼘 잘라내는 방식으로 밤이 밤을 밝히고 어둠이 어둠을 빛내면 꿈이 꿈을 찾아온다.

너라는 꿈.

장소를 사랑하기

로마 황제 아우구스투스는 인간을 좋아하지 않은 탓에 고요한 장소를 사랑했다. 장소를 사랑하는 마음으로 하나의 섬을 팔고 새로운 섬을 샀다. 안개에 잠긴 카프리섬.

파스칼 키냐르는 장편소설 『빌라 아말리아』에서 장소와 사랑에 빠지거나 장소가 누군가의 운명이 될 수 있다고 말한다. 소설의 주인공 안 이덴은 아우구스투스 황제가 카프리섬을 사기 위해 팔았던 이스키아섬에서 이전까지의 삶을 떠나 새로운 삶을 시작한다. 자신의 마음보다 관성에 얽매여 있던 삶을 지운 안처럼 키냐르도 안과 비슷한 나이에 모든 공적인 삶을 정리하고 은둔하는 삶을 시작했다.

이 소설을 읽으면서 강원도라는 장소와 사랑에 빠져 연고 없는 이곳에 와 사는 나를 생각했다. 안처럼 나도 여기서 새로운 삶을 시작했다. 강원도로 이사 온 2014년부터 내 나이를 다시 계산해 말할 정도다. 그러니까 현재 강원도 력으로 열한 살인 나는 정말 강원도를 사랑한다. 특히 강릉을 지금껏 살아본 장소 중에 가장 사랑한다. 산도 있고 바다도 있는데 지나치게 높은 건물은 거의 없고 백화점도 없는 강릉이 좋다. 어느 날은 산을 골라 걷고 어느 날은 바다 옆을 골라 걷고 어느 날은 바다 옆에 있는 산을 골라 걷고 어느 날은 부드럽게 풀어진 실타래 같은 길을 걷다가 마음에 드는 카페에서 쉴 수 있는 강릉이 정말 좋다.

안은 사랑하는 대상을 애무하는 것처럼 이스키아섬 곳곳을 누비고 다닌다. 이 책을 읽으며 산책을 새로운 시각으로 정의해보게 되었다. 사랑하는 장소를 애무하는 행위.

나는 안처럼 곳곳을 누비지는 않고 칸트처럼 정해진 산책로를 고수하는 편이다. 도서관에서 바다까지 하평들을 가로질러 가는 길, 바다에서 남대천으로 돌아오는 길, 안목-송정-강문해변을 잇는 바다와 나란히 펼쳐진 솔밭길, 초당이나 명주동의 골목길…… 정해진 시간에 정해진 길로 산책을 하면 정해진 사람들을 만나는 것도 재미있다. 엇, 하다가 오늘도, 로 변하는 재미. 이렇게 반복을 반복하다보면 있지만 있지 않은 장소가 되기도 한다. 나와 장소만의 고유한 관계가 생겨서 세상에 단 하나 존재하는 나만의 장소로 바뀌기 때문이다.

이스키아섬에서 새로운 집과 새로운 사람을 만나 새로운 삶을 살게 되었던 안처럼 나도 강릉이라는 새로운 장소에서 새로운 사람들을 만나며 가장 많이 변한 것 같다. (출근이 싫어서 도망친 곳에서 매일 출근하게 될 줄은 진정 몰랐지만) 학원을 열어 학생들과 매일 머리를 맞대면서, 잘 웃게 되었고 상대의 눈을 편안한 마음으로 쳐다볼 줄 알게 되었고 마음을 졸이며 말하지 않게 되었다.

책만큼 숨기 좋은 장소는 없다고 말하던 내가 이제는 강릉만큼 살기 좋은 장소가 없다고 말한다. 예전엔 변명처럼 적었다. "나는 내가 읽고 싶은 글을 쓸 뿐이다." 숨기 좋은 문장이다. 나는 이제 이런 문장을 쓴다. "같은 날씨 속에서 지냈기 때문에 같은 색의 목덜미를 가지는 게 좋다." 어느 여름날 축구를 좋아하는 초등학생들의 새까맣게 탄 목뒷덜미를 보고 썼다. 주말 동안 땡볕 더위에도 의욕을 굽히지 않고 오래 축구를 했다는, 지금은 침착하게 수학 문제를 푸는 두 학생의 나란한 목덜미를 보고 있자니 자연스레 나온 문장.

　생각해보면 나의 마음은 늘 내가 애정을 갖는 대상
의 장소였다. 장소가 언제나 우리를 지켜보는 것처럼.

있지만 없는 장소, 없지만 있는 장소

존재를 유희하는 말장난을 좋아한다. 이를테면 코끼리를 냉장고에 넣는 방법 같은 것. "냉장고 문을 연다. 코끼리를 냉장고에 넣는다. 냉장고 문을 닫는다." 이 세 문장에 공통으로 전제된 가정은 아마도 "코끼리를 넣을 수 있는 거대한 냉장고가 존재한다" 아닐까.

강릉이라는 장소를 사랑하는 한 방법으로 산책을 이야기할 때도 비슷하다. 산책하려면 무엇이 필요할까. 마음의 여유와 물리적 시간, 그리고 장소이다. 산책하려면 무엇보다 산책할 장소가 존재해야 한다.

강릉이라는 장소는 이름도 존재하고 이름의 실체도 존재하며 행정과 지리적으로 정의된 공간이어서 "나는 강릉을 산책한다"라는 문장을 읽고 구체적인 의문이 생길 수는 있어도 이 문장 자체에 오류는 없다. 그렇다면 이런 문장들은 어떤가. 함께 산책하고 싶은 친구를 생각하며 문장들을 써본다. 나는 너와 산책한다. 나는 너의 옆에서 걷고 있다. 나에게 곁을 준 너와.

이를테면 나는 세 번째 문장의 '곁'이란 단어에 걸려 넘어지는 사람이다. 곁이라는 공간은 어떤 장소일까⋯⋯ 곁은 옆이라는 공간과는 다른데 이걸 어떻게 설명한담. 설명할 수 있을 것 같은데 설명할 수 없어서 떠오를 때마다 혹은 불시에 부딪힐 때마다 이 단어들의 틈을 걸었다. 분명 있지만 없는 공간이 있다. 있지만 없는 말처럼. 예를 들어 '유니콘'이란 단어처럼. 그래서 오래도록 나는 있다, 라는 말이 믿다, 라는 말과 닮았다고 생각해왔다. 있다, 라는 말은 믿음 없이는 쓸 수 없는 서술어라고.

'곁'이란 공간도 '유니콘'과 비슷하지 않을까. 우리는 타인의 옆으로는 쉽게 갈 수 있어도 타인의 곁으로 가기는 쉽지 않다. 타인이 곁을 주지 않으면 우리는 곁에 가지 못한다. 갈 수가 없다. 곁이라는 건, 있는 공간이 아니고 만들어지는 공간이니까. 옆과는 다르다. 옆에 갈 수는 있다. 그러나 곁은 타인이 우리를 위해 만들어주지 않는 한 더 이상 갈 수 없는 공간이다. 그러니까, 곁이라는 공간은 타인이 우리에게 허락해야 마련되는 공간이다. 한 세계와 한 세계가 만날 때 생기는 틈 같은 것. 곁의 반대말이 있다면…… 끝, 아마 끝이겠지. 낭떠러지.

얼마 전 어렵사리 곁을 얻었는가 싶었던 사람이 어쩐지 더는 내게 곁을 주지 않는 것 같아서 침울한 마음을 달래려 산책을 했다. 일시적이겠지, 다시 곁을 줄 거야, 하는 마음과 이제 영영 곁을 안 주면 어떡하지, 하는 마음 사이를 오가며. 정작 일기에는 옆과 곁을 탐구하며 이런 문장을 써두었으면서. "난 옆은 잘 주는데 곁은 잘 안 주는 사람일지도 모른다."

남대천을 산책할 때 종종 물고기가 튀어 오르며 수면에 균열을 낸다. 물속에 있어야 마땅한 물고기가 불시에 호를 그리며 수면 위로 튀어 오르는 광경은 보기 드문 것이어서 한동안 넋을 잃고 쳐다본다. 계속 쳐다본다고 그런 장면을 계속 볼 수 있는 것은 아니구나, 하고 포기하게 될 때까지. 산책할 때 내 생각도 무의식이나 마음속에서 튀어나와 의식과 이성에 틈을 만들어 자신을 바라봐달라고 보챈다. 걸으면서 나도 모르게 스스럼없이 스르르 벌어지는 틈. 마치 석류나 무화과 같은 과일이 익을 대로 익어서 절로 과육을 내보이는 것처럼 저절로 벌어지는 나의 틈. 이 틈으로 거짓 없는 생각이 자연스레 흘러나오고 이 틈으로 나는 마음의 호흡을 한다. 나를 살리는 호흡.

틈, 이란 단어를 떠올릴 때 나는 릴케가 발튀스에게 쓴 편지를 생각하곤 한다. 릴케는 이 편지에 늘 자정이 되면 저무는 날과 시작되는 날 사이에 미세한 틈이 생긴다고 썼다. 그리로 살짝 들어갈 재주가 있는 사람이라면 시간에서 이탈하여 우리가 잃어버린 온갖 것들을 찾아낼 수 있을 거라고. 달아난 고양이라든가 부서진 인형들, 어쩌면 유년기까지도.

릴케가 말하는 미묘한 시각에 밤 산책을 종종 한다. 그런데 미묘한 시각에 생기는 미세한 틈으로 살짝 들어갈 재주는 그간 없었던 모양이다. 릴케여, 이곳에서 고양이 별로 간 고양이와 재회할 수도 있나요? 혹은 내게 내어주지 않는 타인의 곁을 되찾을 수도 있나요?

평행 우주 산책

학생과 남대천을 산책하면서 평행 우주에 관해 이야기한 적이 있다. 학생이 물었다. "내가 바라는 모습의 나로 살아가는 평행 우주가 존재한다는 걸 믿으세요?" 학생이 목표하는 대학을 다니며 좋아하는 일을 하는 자신이 사는 평행 우주를 이야기할 때, 나는 호떡이가 살아 있는 평행 우주를 생각했다. 반려 고양이 호떡이가 죽은 후로 나의 소망은 이토록 단순하다. 호떡이가 여전히 내 곁에 있는 평행 우주.

가끔 그 평행 우주를 산책한다. 꿈을 꾸는 방식으로.
며칠 전 호떡이의 귀를 청소해주는 꿈을 꾸었다. 꿈 속에서 나는 호떡이가 죽은 줄 전혀 모르는 채로 호떡이의 귀를 청소했다. 그동안 바빠서 호떡이 귀 청소도 잊었네, 이렇게 더럽도록 모르고 있었다니, 하면서 그야말로 시원하게

귀 청소를 했다. 내가 만족스러운 만큼 호떡이도 만족스러웠
는지 예의 가르릉가르릉 소리를 냈다.

호떡이의 가르릉가르릉 소리를 듣다가 꿈에서 깨어
났다. 꿈에서 깨서는 한동안 행복했다. 꿈이 진짜 같았다. 너
무 진짜 같아서 잠시 엎드려 울다가 잠을 청했다. 호떡이가
죽은 줄 모르는 내가 살아가는 평행 우주가 있다는 게 정말
믿어졌으니까. 너무도 믿어져서 그 평행 우주로 건너가고 싶
었다. 그 평행 우주로 건너가서 호떡이와 늘 그렇듯 밤 산책
을 하고 싶어서 울었다.

호떡이가 죽고 나서 호떡이를 꿈에서라도 보게 해
달라고 기도하곤 했는데 이날 이후로 그런 기도는 하지 않는
다. 너무 진짜 같지만 진짜가 아닌 것은 결국 마음을 무너지
게 한다는 걸 알았기 때문이다.

아마 평행 우주에 사는 나는 오늘도 호떡이와 느긋
하게 밤 산책을 할 것이다. 가끔 꿈을 통해 그 우주로 건너가
그들이 사는 모습을 진짜인 듯 느끼겠지. 어느 날은 매우 행
복할 테고 어느 날은 행복해서 또 매우 슬플 것 같다.

언젠가 이 평행 우주와 나의 우주는 만나서 합쳐질
것이다. 틀림없다. 산책하다보면 두 갈래 길이 만나는 건 흔

한 일이니까. 그때 호떡이를 만나면 호떡이가 밤 산책을 시작하게 된 즈음에 쓴 이 일기를 읽어주어야지. 이 우주에 사는 호떡이는 인간의 언어를 완벽히 이해할 수 있으니까.

요즘 우리 집 고양이에겐 하루의 목표가 생겼다. 어떻게든 애원하고 윽박지르고 떼를 써서 밖에 나가는 것이다. 특히 밤에 산책하는 것을 좋아한다. 한계리의 밤은 고요하니까. 사람도 다니지 않고 자동차도 다니지 않으니까. 엊그제는 무려 1.5킬로미터 거리를 산책했다. 집에 와서 더러워진 발을 애써 닦았다. 앞발의 가운데는 잘 닦이지 않아서 호떡이를 네 개의 구멍이 뚫린 천으로 감싼 다음 이 구멍으로 발만 내어서 씻길까 심각하게 고민할 정도였다. 아침에 일어나니 더러움은 온데간데없고 새털처럼 깨끗했다. 하긴 새벽에 깨어서 화장실 가면서 보니까 ‘강박적으로’ 앞발을 꾹꾹 빨아대고 있는 게 아닌가. 그렇게 밤새 공들여 단장을 하고 이튿날에는 산책을 가는 게 이 녀석 하루 목표인가, 생각하며 나는 다시 잠자리에 들었다. 〔2014년 7월 23일〕

백담사 단풍놀이

강릉에 이사 오기 전 인제 한계리에 살 때의 일이다. 등산복을 입고 마을버스를 타면 동네 할머니들은 "뭐 하러 단풍 구경을 가? 거실에 누워서 창밖을 내다보면 온통 단풍인데"라고 우스갯소리를 했다.

동네에서 원통터미널까지 가는 데 십여 분, 원통터미널에서 백담사 입구까지는 이십여 분. 산 중턱에 자리한 백담사까지는 셔틀버스가 부지런히 운행되고 있어서 비교적 가기 쉬운 곳이라 자주 갈 것 같았지만 한계리에 살았던 삼 년 동안 단풍놀이를 포함해 네 번 갔다.

네 번 중 두 번의 단풍놀이 기록. 백담사 뒤의 등산로를 따라 걸으면 한 시간 반 남짓 걸리는 영시암까지 올라갔다 내려오는 걸 좋아했다.

평일이어서 적당 수의 사람들이 등산로를 오갔다. 날씨가 좋았다. 갓 세탁한 등산복을 입고 나왔는지 마주치는 등산객들에게서 땀 냄새보다 세제나 섬유 유연제 냄새가 났다. 향수를 뿌린 사람은 두 명 마주쳤다.(두 명 모두 산과 어울리는 풋풋한 향.) 오가는 사람마다 저마다의 사정은 산 아래 두고 오는 것으로 약속하였는지 얼굴들이 편안하고 오며 가며 엿듣게 되었던 대화들도 나지막하고 향기로웠다.

영시암에서 점심을 먹는데 한 줄기 돌풍이 불어서 큰 나무의 잎들이 우수수 떨어지자 다들 한목소리로 오, 하고 소리를 냈다. 빨간 셀로판지처럼 붉은 단풍 앞에서는 다들 불났네, 불났어, 하면서 지나갔다. 〔2016년 10월 19일〕

영시암의 해우소 옆 텃밭을 지나면서 한 아저씨가 "무가 참 맛있겠다. 하나 뽑아 먹으면 소원이 없겠네"라고 말하는 걸 듣고 자연스레 텃밭에 심긴 무에 시선이 갔다. 약수를 받아 물병을 채우려다가 보니 개수대 앞 빨간 바구니에 무를 썰어 놓은 게 보였다. 마치 등산객들의 마음을 읽기라도 한 듯. 이 무를 반갑게 몇 조각 입에 넣고 절간 툇마루에 앉아 간식을 먹다 해우소에 갔다. 오랜만에 가는 재래식 화장실의 강렬한 냄새는 어렸을 적 할머니 집의 기억을 환기했다. 방금 먹은 무가 이 퇴비를 먹고 자랐겠다는 생각이 퍼뜩 들었다. 삶의 곳곳에 깃들어 있지만 잊고 지내기 쉬운 자연의 순환, 자연의 섭리에 대한 '독한' 깨달음.

숨을 한동안 참을 수밖에 없는 재래식 해우소를 다녀오면서 여지없이 이창동 감독의 영화 〈시〉를 생각했다. 살구가 으깨어지는 그 장면. 자연의 순환에 기꺼이 자신을 맡기는 살구처럼 나 역시 언젠가는 그렇게 되리라는 한 줌의 진실. [2015년 10월 21일]

산책과 내면의 옷

해변을 따라 펼쳐진 솔밭은 강릉 시민들이 사랑하는 산책처
다.(정식 이름은 '솔향힐링해변길'이다.) 솔밭. 이 단어를 인
제 산골에 위치한 양옥집에 살면서 알게 되었다. 인제 한계
리에서 삼 년 동안 빌려 살았던 주택 이름이 '솔밭집 민박'이
었다. 인제에서 즐겨 산책하던 곳도 내린천 상류 근처의 솔
밭이었다. 키가 큰 소나무들이 군인처럼 서 있었다. 늠름하
다는 인상을 주는 그 소나무들 사이를 걷고 있으면 어쩐지
나도 쑥쑥 자라는 것만 같은 착각이 들었다.

산책하다보면 풍경의 외면에 나의 내면을 약속하게 된다. 풍
경 한 폭으로 마음의 옷을 짓는다. 유독 추운 날에는 파란 겨
울 하늘을, 녹음이 무성한 시절엔 푸른 잎사귀들을, 찬바람
이 불기 시작할 때 떨어지는 낙엽들을, 해변을 걸으면서는

무수히 밀려오는 파도들을, 물결에 젖어 진해지는 해변의 모래들을. 이런 풍경을 얇게 걷어내어 내면에 덧씌울 비단옷을 해 입는 과정이 때론 산책의 다른 이름이다.

비단옷만 지어 입는 것은 아니다. 쐐기풀로 뜬 것처럼 거친 옷을 입을 때도 있다. 자연은 어린싹이 푸른 잎사귀가 되고 꽃을 피우고 열매를 맺는 과정도 보여주지만 잎이 떨어지고 꽃이 시들고 열매가 떨어져 썩어 다시 흙으로 돌아가는 과정도 보여준다.

나의 상황과 관계없이 자연은 자연의 방식대로 존재할 따름이지만 나는 자연에게서 인과를 얻곤 한다. 너무도 열매를 맺고 싶어 안달일 때는 꽃이 시들고 열매가 땅에 떨어져 썩는 풍경으로 옷을 지어 입고, 어쩌다 맺은 작은 열매에 도취해 있을 때는 어린싹이 자라는 풍경으로 옷을 지어 입는다. 자연의 가장 큰 비밀은 인내심에 있다고 산책을 통해 배우곤 하므로.

편안한 자연이 바로 곁에 있어도 번잡한 생각이 흘러들어올 때가 있다. 물이 높은 곳에서 낮은 곳으로 흐르듯 과거의 복잡했던 생각이 지금의 비어 있는 내게로 공교롭게 당도하는 때가. 밝아진 내게로 과거의 어둠이 급습할 때

가 있는 것이다. 일상의 사소한 틈이나 아주 작은 계기에 의
해서. 이럴 때조차 자연은 적당한 옷을 언제나 몇 벌이고 지
어준다. 이 옷들이 때로 맞지 않는 건 순전히 인간인 내 몸의
어긋남이다.

우리는 우리가 걷는 풍경을 닮을 뿐이다.

흐르기와 산책하기

남대천의 흐르는 물을 보면서 혹은 안목해변에서 반복해 밀려드는 파도를 보면서 생각에 잠긴다. 얼마 전에 읽은 파스칼 키냐르의 책에 이런 문장이 있었다. 강물은 흘러가면서 희한하게도 이름이 바뀐다고.

바다도 마찬가지다. 끊임없이 펼쳐진 바다의 어디쯤부터 여기는 안목해변, 여기서부터 저기는 송정해변, 송정해변 다음은 강문해변, 이보다 더 다음은 경포해변…… 흐르는 것에 이름을 붙이다니. 이런 건 인간만이 한다.

인제에서 산책할 때는 과거를 놓지 못해서 때때로 괴로웠다. 오래전 저지른 잘못들이 내가 내준 적 없는 곁을 차지하며 따라다니는 것 같았다. 함께 산책하는 이에게도 털어놓은 적 없는 괴로움이었다. 다른 사람들은 이런 걸 어떻게 떨치고 사는지 궁금했다. 단지 소설 속 인물들에게 공감

할 수 있을 따름이었다.(때로 세상에 미친 사람이 나만이 아니라는 사실을 확인하기 위해 소설을 읽는다. 소설 속 인물의 미침이 내 미침의 종류와 같을 때 묘하게 기쁘다.) 가령 강릉에 이사 와서 읽기 시작한 나쓰메 소세키의 장편소설 속 인물들이 그렇다. 이를테면『문』에 나오는 소스케, 오요네 부부는 그들이 과거에 지은 잘못을 잊지 못하고 이에 붙들려 산다. 놓지 못한 과거는 십 년도 넘게 나를 붙잡고 있다가 마침내 희미해졌다. 소설에서도 소스케를 두고 '스스로가 만든 과거라는 어둡고 커다란 구렁텅이' 속에서 살고 있는 인물이라고 묘사하는 것처럼, 과거를 붙잡아두는 것이 지금의 삶을 위한 방식이 아니라는 걸 깨달았기 때문이다.

시간이 만드는 과거는 흘러가는데 인간이 만드는 과거는 거대한 구렁텅이가 되어 인간을 고이게 한다니. 사람들이 그렇게 반복해 말했건만 내가 깨닫지 않으면 타인의 조언이란 건 깨끗이 허무가 되는 이 고집불통의 하잘것없음이라니.

세상에 존재하는 고통에 대해 왜, 라고 집요하게 묻다가 어느 순간 어떻게(고통을 끌어안고 살 것인가), 라는 질문으로 돌아앉은 것처럼, 어떤 외곬의 자세가 점차 옅어졌다. 사람들이 한결같이 말하는 게 마냥 나쁘지는 않다고 여기게 되었다. 그러니까…… 나이를 먹은 것이다. 아니면 이런 것일지도 모른다. 섬세한 내가 섬세하게도 나를 망쳐서 둔감해지려는 마음이 드는 것. 그리고 이 둔감은 빨리 다할 것이고, 나는 다시금 느리게 섬세해지리라 믿는 것.

산책하면서 뒤를 돌아보는 행위는 거의 하지 않는다. 하지만 한동안 산책하며 머릿속으로는 자주 뒤를 돌아보았다. 삶의 흐름에서 어디서부터 어디까지가 과거인 것일까. 나는 사람들이 떨쳐버리라는 과거에 현재를 침범당하고는 했다. 저것은 과거이며, 이것은 현재라는 이름하기는, 여기서부터는 송정해변이며, 저기까지가 안목해변이라고 이름하기와 비슷했다. 흐르는 것에 이름을 붙이는 건 인간의 특징이지만 흐르는 것을 바라보는 건 살아 있는 존재 모두의 특징이기를 바란다.

나는 살아 있다. 살아 있는 나를 통과해 시간이 흐른다. 흐르는 시간에 이름 붙이지 않고 가만히 바라보면서 나도 함께 흐르다보면 사람들이 말하는 과거는 존재하던 대로 존재할 테지만 내가 바라보던 과거는 어느새 옅어지고 자꾸 흘러서 흩어진다. 다만 나의 흐르는 속도는 사람들보다 느리고 느릴 따름이었다.

나를 사랑하는 사람들은 여전히 말한다. 뒤에 두고 온 것을 돌아보지 마, 앞으로 닥쳐올 것도 미리 보지 마, 너는 지금 여기에 있어.

그들의 말에 기꺼이 귀를 열고 마음을 연다. 닫지 않는다.

밤과 바다의 목록

바다 앞에 서 있다. 밤바다 앞에 서 있다. 시작을 알 수 없는 파도가, 끝을 알 수 없는 바다가 내 앞에 펼쳐져 있다. 파도가 찰싹이며 발치에 닿자……

　　……처음으로 두려움을 가라앉히고 파도에 발을 담갔을 때를 생각하였다. 사촌들이 하나둘씩 와— 하고 바다로 뛰어들 때 나도 와—(그러나 나의 와—는 두려움을 숨기기 위한 것이었다) 하고 뛰어가기는 했다. 사촌들의 와—는 파도가 곧장 삼켰다. 나의 와—는 페달이 고장 난 피아노의 여음처럼 맥없이 울려 퍼지다 스스로 멈췄다. 아직 모래밭이었다. 발밑이 뜨거웠다. 처음으로, 라고 쓰고 싶을 정도로 강렬하게, 이러지도 저러지도 못하는 심정을 맛보았다. 파도는 어린아이의 두려움 따위는 안중에도 없다는 듯 꿋꿋하게 밀려들고 있었다.

용기를 내어 바다 가까이 다가가 모래 속에 발을 파묻었다. 예사로운 파도들 사이 가끔 당도하는 키 큰 파도가 나를 휩쓸 것이었다. 빈틈없이 젖은 모래 속에 숨기듯 파묻은 나의 두 다리를 아무렇지 않게 뽑아내어 순식간에 나를 먼 곳으로 데려가버릴 것처럼 어떤 파도는 힘이 세 보였다……

두려움과 함께 미지를 경험하였던 기억이 다소 황홀하게 떠오르고 있었다. 기억 없이 존재한다는 건 아무래도 말이 되지 않는 것 같다. 기억이 없다면 이미지들이 이토록 다양한 층위의 의미를 지니고 다가오지 못할 테니. 버지니아 울프(안목해변의 빨간 등대는 버지니아 울프의 『등대로』라는 작품을 상기시킨다), 당신은 어떤 여행에서, 철저히 바다를 묘사할 것이라는 숙제를 자신에게 낸 적도 있었죠? 잠시 바다는 침묵했다. 하얀 물거품들이 생겼다 사라졌다. 사라졌다가 생겼다. 끊임없는 생성과 소멸, 영원할 것 같은 침묵 앞에서 나는 다소곳이 서 있었다.

밤바다에 다녀오면 기록을 하자고 다짐했다. 밤의 송정해변과 안목해변, 그 기록들이다.

밤바다를 보고 돌아오는 길, 달빛이 내려앉은 남대천의 물결은 어제도 오늘도 고요하고 아름다워서 이 풍경을 한 겹 걷어내어 옷을 짓고 싶다고 생각하였다.

오늘의 밤바다는 이상하였다. 바람이 없는 날인데 거친 바람이 부는 것처럼 거세었다. 순전히 바다의 힘으로. 아니면 아주 멀리서 오는 힘일 것이다. 거센 파도가 이따금 훅, 하고 더운 바람을 끼쳐서 정말 멀리서부터 당도하는 힘인가보다 짐작하였다.

오늘의 밤바다는 부드러웠다. 해변에 도착하는 파도는 밤의 손가락에 동그랗게 말리는 부드러운 고수머리 같았다. 어제의 광포함도 보았기에 단지 이 부드러움이 믿기지 않았을 뿐. 믿기지 않아도 감히 다른 방향으로 바다를 만나볼 생각은 하지 않고 늘 걷던 방향으로 걸었다.

오늘의 밤바다는 애인 같았다. 애인 같아서 마음 맞춤하고 돌아왔다.

오늘의 밤바다는 펼치는 데 능한 단정한 바다. 단정히 뜻을 펼치는 바다. 질서 정연하게 도착하는 파도에게 어디서 어떻게 시작하여 도착하는 것인지 물었지만…… 접는 데 능해야 하는 한낱 인간에게 바다는 답해줄 마음이 없어 보였다.

　　머얼리 수평선 위 오징어 배 불빛이 금괴처럼 빛나고 있던 오늘의 밤바다. 내어주는 행위에 이토록 능숙한 존재로는 바다만 한 게 없겠지.

　　오늘의 밤바다는 자장가 불러주는 바다. 어떤 규칙은 잠을 불러온다. 삶의 모든 규칙들 끝에 죽음이 기다리고 있는 것처럼. 나누어 주는 데 이만큼 능한 바다와 누구와도 나누기 싫어 밤바다를 좋아하는 나.

　　오늘의 밤바다는 적당한 바다. 너무 거세어서 무서운 바다도 아니고 너무 차분해서 재미없는 바다도 아닌, 파도가 바다의 무늬구나 싶은 바다. 파도가 만든 해변의 완만한 경사에 몸을 누이면 편안할 것 같았다.

　　별이 많이 보였다. 바다 위에서 보는 돌고래자리는 각별하다. 날이 추워질수록 돌고래자리는 높아진다. 돌고래자리는 높아지는데…… 나는 끌어내려지는 것 같대도 어쩔 수 없는 일이다. 이러다 한껏 뛰어오르는 날도 있으니까. 한 치 앞도 모를 땐 반 치라도 보며 나간다.

　　오늘의 바다는, 없는 걸까, 누군가는 착각할 것이다. 하늘의 별과 고깃배의 불빛과 해변의 조개껍데기 간의 구별도 이런 밤에는 이다지 쓸모가 없다. 밤바다 보고 온 내 얼굴이 환하다. 얼굴은 알아차렸다. 두고 온 밤하늘에 무엇이 없었는지를.

밤바다의 파도를 보면서 자연스레 떠오르는 것에 마음을 맡겨보았다. 이 마음은 파도가 육지에 도착하면 사라지는 것처럼 사라질까. 파도를 보자 살아나는 것이 마음속에 있다는 게 놀라웠다, 아직도. 사라지더라도 언제나 다시 살아날 수 있는 것일까. 마음이 왜 이걸 선택했는지 알 길이 없다.

검은 바다 위로 붉은 달이 떠오르는 걸 보았다. 잔잔한 수면 위에 비친 달그림자는 붉은 실크 드레스 같았다. 다가가서 만져보고 싶었다.

달빛이 이리 쏟아지는 밤바다를 본 게 처음이라니. 달빛이 널리 내려앉은 바다를 감상하기에는 해변 말고 조금 멀찍이, 솔숲만 한 데가 없다. 멀리서 보면 더 아름다운 게 있다. 이 아름다움이 단지, 무언가의 시작일 뿐이라 하여도.

달은 바다를 자신의 내면으로 만들어버릴 것처럼 수면 위에 반짝인다. 파도 소리는 달의 두근거림이다.

자꾸만 뭍으로 다가오는 파도를 보며, 며칠 전 '다

가오는 일은 받아들일 뿐이다'라고 썼던 게 생각났다. 받아들이기 위해 다가가는 것도 나의 일이라서. 파도는 달의 두근거림. 파도는 바다의 숨. 파도는 받아들임.

달리기만 하고 와야지, 나갔다가 밤하늘의 구름, 달, 별이 정말 예뻐서 밤바다까지 보고 왔다. 안 보고 왔으면 후회하였을 밤바다. 달빛이 그렇게 쏟아지는 밤바다는 처음 보아서 나도 모르게 울컥했다. 달빛 실은 파도가 자꾸 해변에 도착하는 걸 보며 중얼거렸다, 아름다움 상륙작전.

바람이 없는 날 파도가 좀 친다 싶다. 이때 들리는 소리가 바다의 소리일까. 얼마나 다정하고 동글동글한지 모른다, 물의 소리란. 밤바다를 옆으로 두고 그림자 가득한 술숲을 걷는 일은, 바다를 바다라 부를 때의 아름다움 혹은 달을 달이라고 부를 때의 아름다움과 비슷한 일.

이제 말할 수 있겠다. 밤바다 위 낮게 떠 있는 오리온자리가 얼마나 아름다운지.

요즘 밤하늘은 오리온자리가 예쁜 계절이다. 밤바다까지 걸으며 올려다본 반달은 사냥꾼의 간식처럼, 반으로 접힌 팬케이크처럼 노릇노릇 빛났다. 주위의 별들은 팬케이크를 먹다 흘린 설탕처럼 달콤하게 반짝였고.

밤바다에 가면서 올려다본 달과 별은, 작은 비명이 나올 만큼 예뻤다. 이런 문장이 절로 떠올랐다. "세상은 별과 사람으로 이루어져 있다."

청기와 백기를 올리고 내리는 훈련을 시키듯 오다 말다 하는 비를 맞으며 안 맞으며 다녀온 밤바다는 아름다웠다. 다소 광포한 아름다움이었다. 귓전에 아직도 파도 소리가 들리는 것 같다. 오늘의 바다를 상상하며 가는 일과 상상한 바다와 눈앞 바다의 다름을 보는 일, 때론 이미지와 소리에 압도당하는 일, 압도를 뒷전에 두고 현실로 돌아오는 일들에 대해 생각하다보면 상상과 현실이 바뀌기도 한다.

네발을 가지런히 모으고 내 곁에 조용히 앉는 고양이 같았던 파도를 생각한다. 파도의 발은 정말 많을 텐데 이렇게 가지런하고 고요해, 나의 생각도 고요해졌다. 단정한 바다 앞에서 '예의를 다하여 평범해지고 싶다'는 생각이 들었고 바다에 다녀와 쓰러지듯 깊은 잠을 잤다.

밤바람이 모처럼 부드러워 나를 밤바다로 이끌었다. 부드러운 바람이 가득한 대기에 저항하며 음파, 하고 터지는 불꽃놀이를 바라보았다. 대기와 입맞춤하듯 천천히 터지는 불꽃을.

이상하지, 해변에 가면 늘 불꽃놀이를 하는 사람이 있다는 게. 바다의 열렬한 애독자, 전설처럼 존재하는 한 명의 독자처럼.

안녕, 바다, 밤바다, 나는 너의 열렬한 구독자.

피아노 치는 네 뒷모습의 호흡과 몸짓은 밤바다의 파도와 닮았네.

질문을 던지며 고요한 솔밭을 걸었다. 파도 소리만 요란하였다.

밤바다의 액세서리인 양 고기잡이배가 많았다. 바다가 저만치 물러난 만큼 고기잡이배의 불빛이 이만치 가까웠다. 파도가 불빛을 자꾸 실어 나르고, 저기 저만치 높이 떠 있는 달은 이를 보고 시시해, 시시해 하는 것만 같았다. 돌아오는 길은, 달빛 받으며 남대천에서 물고기가 뛰어오르는 소리를 들으며 무게를 다한 가을 이파리들이 떨어지는 소리를 들으며 자전거를 탔다. 길을 읽는다는 기분이, 그림자와 친해진다는 기분이 들었다. 오늘은 유독 그랬다.

밤바다. 보름달이 떠 있는 세계의 일렁이는 얼굴.

밤바다에서 밤하늘을 올려다보며 말했다. 저것 봐, 밤하늘은 정말 까맣고 달은 정말 하얗다. 까만 것은 까맣고 하얀 것은 하얘서 정말 예쁘다.

바다 옆 고요한 솔숲을 걸으면서는 빛은 빛이 났고 어둠은 어두웠다는 유희경 시인의 문장을 생각하였다.

일요일 밤바다를 보고 왔다. 일요일 밤바다는 일요일 밤인 걸 그 어느 곳보다 숨길 수 없다.

아직은 손이 얼고 입김이 나오는 밤바다.

밤바다 중독인가봐……

자전거 산책과 회복 탄력성

산책에는 별다른 장비가 필요 없지만 가끔 별다른 장비 하나 쯤 갖추고 산책하고픈 마음이 든다.

아주 가끔 자전거를 타고 산책을 한다. 라이딩이라고 하기에는 쑥스럽다. 걸림돌이 거의 없는 길을 느리게 느리게 자전거로 달리며, 계절의 풍경을 눈에 담고 귓가를 부드럽게 스치는 바람을 느끼는 정도이다. 귀마저도 풍경을 보는 것 같다는 착각이 평소의 산책과 다르다면 다른 점이랄까.

아주 가끔이라고 말하는 이유는 나는 균형을 잡는 데에는 아주 젬병이라서 한 번씩 크게 넘어지기 일쑤이기 때문이다. 넘어진 기억이 희미해져야지 다시 자전거를 탈 마음이 생긴다. 의식하지 않았기 때문에 최근 일 년 만엔가 자전거를 타고 돌아오면서 그간 왜 자전거를 안 탔지, 의문을 가지고 곰곰 따져보니 마지막 자전거를 탔을 때 남대천에서 크게 넘어진 게 떠올랐다. 아, 그래서 안 탔던 거로군, 중얼거리며 다시 신중하게, 자전거를 처음 타는 사람처럼 조심스럽게 균형을 잡고 느릿느릿 앞으로 나아갔다. 생각보다 잘 타는 것 같았다. 당연하지. 초등학교 3학년 때 모든 가족의 도움을 받으며 어렵사리 네발자전거에서 보조 바퀴를 떼고 두발자전거 타기에 눈물겹게 성공했는데, 이때부터 치면 자전거 경력 약 삼십 년인 것이다. 비록 일종의 장롱면허라고 하더라도. 자전거를 띄엄띄엄 탈 때마다 지나치다 싶을 정도로 다시 초심자가 되지 않나, 도로아미타불은 이제 벗어나자 싶은 마음이 들었다.

오랜만에 자전거를 타고 하평들의 바람과 풍경을 즐기고 온 날 가슴이 뛰었다. 다음 날도 신이 나서 자전거를 탔다. 아니나 다를까 또 어이없게 넘어지고 말았으나. 왼 다리 곳곳이 까지고 멍이 들었다. 집에 와서 상처에 약을 덧바르며 중얼거렸다. "새살이 차오르고 상처가 희미해지기까지 또 자전거를 타지 않겠군." 그러니까, 자전거를 다시 타지 않을 거야, 라고는 생각하지 않는다.

다시 자전거를 탈 것이다. 오랜만에 자전거를 탄 것

도 누군가의 "언제 함께 자전거 타요"라는 한마디 때문이었
으니까.

　혼자만의 시간으로도 회복은 가능하지만 어느 땐
타인이 내게 슬쩍 불어넣는 숨결 하나가 마법처럼 회복의 시
간을 당겨준다. 얼마 전에 읽은 알베르트 키츨러의 『철학자
의 걷기 수업』에서 메모해둔 '회복 탄력성'의 정의를 꺼내본
다. 메모는 수학 공식처럼 쓰여 있다. '자신의 중심을 회복하
는 능력 + 의연함 = 회복 탄력성.' 타인의 숨결은 아마도 내
게 의연함을 더 불어넣어주는 것일까.

　사전에서 형용사 '의연하다'를 찾아보면 두 가지 뜻
이 있다. '의연(毅然)하다'는 "의지가 굳세어서 끄떡없다"이
고 '의연(依然)하다'는 "전과 다름이 없다"이다. 책 속의 의
연함은 어떤 의연함을 가리키는 말일까, 골몰한다. 아무래도
회복이란 다시 돌아가는 거니까 후자에 더 뜻을 두긴 하지만
둘 다 포함한다고 보면 가장 좋을 것 같다. 다름없는 때처럼
돌아가서 더욱 굳세지는 것.

　어려운 국면에 처해 있을 때 누군가의 응원을 받는
일은 삶에서 얻는 멋진 선물 중 하나다. 이 선물의 반짝반짝
함은 웬만해선 바래지 않고 언제까지나 작은 별이 되어 불

시의 어둠이 덮는 내면의 저녁이면 홀연히 떠오른다. 언제고 기댈 수 있는 인생의 도타운 순간으로 남는다. 상처 입은 채 잠든 나의 이마를 누군가 짚어주고 목까지 이불을 덮어주며 이렇게 말해주는 순간. "마음을 다하면 완성되기보다 부서지기 쉽단다. 그러나 마음을 다하였으므로, 부서진 채로도 사는 법을 터득하게 된단다."

그 순간에 들리는 노래는 이런 노랫말을 가지고 있을 것 같다.

> 부서진 것은 언제나 고칠 수 있고
> (What's broken can always be fixed)
> 고친 것은 언제나 부서질 수 있다고
> (What's fixed will always be broken)
> ─엔스 렉만, 〈Your Arms Around Me〉

자전거를 다시 타게 만든 사람이 있는 것처럼, 어린 시절 내게 자전거에 대한 동경을(어쩌면 작은 공포심까지도) 심어준 동화가 있다. 아스트리드 린드그렌의 『로타와 자전거』다.

엄마, 내가 어릴 때 좋아하던 오디오 동화 전집 말

야, 하고 운을 떼며 전집의 행방을 궁금해했을 때 내 말이 미처 끝나기도 전에 엄마는 "그래, 『로타와 자전거』 말이니?"라고 물었을 정도로 나는 이 동화를 좋아했다. 어린 시절 엄마가 마당에서 이불 홑청을 탈탈 털어 말릴 때 나는 마루에 엎드려 카세트 플레이어에서 흘러나오는 로타의 목소리에 귀 기울이던 기억이 난다. 늘 로타였다. 이러다가 테이프가 늘어나는 건 아닌가 싶을 정도로 『로타와 자전거』를 반복해서 들었을 때, 엄마는 신기한 사실을 발견했다. 테이프에서 흘러나오는 성우의 목소리 속도와 내가 페이지를 들여다보는 속도가 정확히 일치했던 것. 놀란 엄마는 학습지를 신청하여 손수 내게 한글 자음과 모음 쓰기를 가르쳤는데, 이때부터의 기억은 즐겁지만은 않다. 꽤 오랫동안 ㄹ자를 올바른 방향으로 쓰지 못했기 때문이다.

생일 선물로 자신의 바람과는 다른 그네를 선물 받은 로타는 몇 번 신나게 그네를 타기도 하였지만 그뿐이다. 로타는 여전히 두발자전거가 타고 싶다. 옆집 아줌마에게 생일 선물로 아름다운 팔찌를 선물 받은 로타는 아줌마가 조는 틈을 타 아줌마네 창고에서 두발자전거를 꺼내 올라탄다. 그러나 내리막길에서 자전거를 제어하지 못해 장미 덩굴로 떨어지고, 아줌마가 준 팔찌를 잃어버린다. 이 부분에서 쾅, 하고 부딪는 효과음과 어이쿠, 아야 외치던 로타의 귀여운 비명이 어렴풋이 기억난다. 팔찌와 함께 로타의 애착 인형, 밤 세마저 잃어버리면 어쩌나 마음을 졸였던 것도. 아줌마는 로타의 상처를 치료해주고 로타는 울적한 마음으로 집에 간다. 그런데 집에는 로타가 탈 수 있는 작은 두발자전거가 기다리고 있다. 로타는 즐겁게 이 자전거를 탄다.

출근과 산책

퇴근할 때는 버스를 탄다. 귀에 이어폰을 꽂고 음악을 듣는
다. 음악을 듣다가 이내 졸음에 겨워서 고개를 떨군다. 내릴
정거장을 놓치기도 한다.

출근할 때는 걷는다. 음악을 듣지 않는다. 계절마다
달라지는 풍경에 나를 맡긴다. 간혹 이런 문장으로 겨울 풍
경을 기억한다. "겨울나무에도 잎들이 있다. 겨울나무에 앉
아 있는 새들이 잎사귀들이다." 혹은 "새들이 잎사귀들처럼
겨울나무에 앉아 있다." 겨울에 남대천을 걸어서 출근하면
좋은 게 또 하나 있다. 내가 '강릉 시민의 호사'라고 일컫는
것으로, 한바탕 눈 내리고 나면 널찍하게 펼쳐지는 눈 덮인
대관령을 마주하고 걷는 일. 멀리 보이는 아름다운 설산을
바라보며 하루의 시작을 다잡는 일.

용지각을 지나 대도호부관아를 지나 강릉의료원을

지나 남대천으로 내려가 천과 나란히 걷는 산책의 마지막은 남대천을 가로지르는 징검다리를 건너는 것이다. 징검다리에서 나는 보통 맞은편에서 건너오는 사람에게 길을 비켜주곤 한다. 길을 비켜주기 위해서는 관찰력이 좋아야 하고 무엇보다 타이밍이 좋아야 한다. 삶은 타이밍이라는데, 늘 타이밍을 놓치는 사람치고 양보에 있어서만은 타이밍이 좋다는 건 그나마 다행스러운 일이다. 징검다리 서너 개쯤을 앞두고 오는 사람을 내가 디딘 자리에서 살짝 비켜서 기다리기만 하면 된다. 내가 삶에서 타이밍이 좋지 않았던 것은 아마도 이 기다림을 못해서였으리라. 징검다리 위에서와 달리, 기다려야 하는 대상이 어디만큼 당도하였는지 볼 수 없고 나 또한 어디만큼 이르렀는지 모를 때가 대부분이었으므로.

징검다리를 건널 때 나는 신중한 편이다. "돌다리도 두들겨보고 건너라"라는 속담에 걸맞고도 걸맞게. 그런가 하면 니체의 유명한 문장("네가 심연을 바라보면 심연도 너를 바라본다")이 생각나지 않기를 바라지만 천이 흐르는 속도가 유난히 빠른 날이면 어쩐지 물의 소용돌이를 자세히 바라보게 된다. 이 문장의 피동 표현은 바꿀 수 없다. 정말…… 바라보는 게 아니라, 바라보게 되기 때문이다. 이만큼 얕은

물에 빠져 죽을 리는 결코 없겠지만. 물을 바라보다가 먹는
것도 자는 것도 사랑하는 것도 일하는 것도 노는 것도 잊어
버린 채 저 멀리 윤슬의 한 점으로 사라질 수도 있겠다는 생
각이 든다. 출근할 때 하는 생각치고는 좀 위험한가.

산책과 멍

며칠 전 '멍'에 대해 이야기를 나눴다. 물리적으로 어떤 행위도 하지 않을 때 우리는 겉으로 소위 '멍을 때리는 것'처럼 보인다. 내가 생각하는 '멍'은 이렇다. 겉으로뿐만 아니라 정신적으로 어떤 행위도 하지 않아야 한다. 상대는 놀라는 눈치였다. 멍 때리는 것처럼 보이지만 속으로는 생각이 아주 많다는 상대에게, 그건 진정한 '멍'이 아니며 사념에 젖어 있을 뿐 진정한 '멍'이란 온전히 비워내는 것을 말한다고 응수했다. 겉보기 등급도 절대 등급도 0인 '멍'. 순수한 '멍'의 세계에 대해 예전엔 갖지 못했던 동경을 가지게 되었다고 덧붙이며.

어쩌면 강릉에 살면서 일을 하게 되었기 때문이다. 글만 쓰면서 살 때 산책의 목적과 매일 출근하는 사람으로서 산책의 목적은 종종 다르다.

글 쓰며 살 때 산책의 목적은 주위 환기와 생각의 정리일 때가 많다. 버지니아 울프는 글쓰기의 어려움을 생각 포획의 어려움이라고 말한 적 있다. 버지니아 울프 같은 천재는 아마 시도 때도 없이 떠오르는 생각을 붙잡은 다음 잘 분류해서 적재적소에 쓰는 것이 과연 가장 중요했을 것이다. 자연스럽게 떠오르는 생각들을 샐 틈 없이 붙잡아두기만 하면 글쓰기에 필요한 다음 과정이 차근차근 뒤따라왔을 것이다. 나 같은 범인(凡人)은 우연에 의해 떠오르는 생각이 필요하기도 하고 쓰고 있는 시나 소설을 정리하고 전개할 실마리를 산책길에 만나지 않을까 기대하며 산책을 떠날 때가 적지 않다.

반면 매일 출퇴근하는 사람에게 산책은 비움이 목적일 때가 많다. 물리적으로는 걷는 행위를 하지만 정신적으로는 '-해야 한다'는 당위에서 벗어나고 싶다는 바람으로서의 출발. 매일 해야 할 일에 뒤덮여 일해야 하는 사람의 무위라고 해야 할까.

고백하건대 이 전에는 순수한 '멍'에 이른 적이 없으며 '멍'의 절대 등급 따위가 존재하는가에 대한 생각을 해본 적도 없다. 지금은 산책하면서 생각을 정리할 때도 있고 반짝이는 착상을 붙잡아서 기쁠 때도 있지만 너무 지친 날이면 산책은 철저히 무위의 연속이다. 자연 속으로 걸어 들어가며 내가 희미해지기를 기다린다. 절대로 진해지고 싶지 않다. 얼마 전 이 세상에서 윤곽이 가장 뚜렷한 사물은 계단일까 생각한 것처럼. 이를테면 계단같이 높낮이로 자신을 정의하면서 높낮이 그대로 윤곽이 되는 사물은 흔치 않다. 그래서일까, 계단을 계속 오르며 계단 같은 방식으로…… 그러니까 높거나 낮은 방식으로만 뚜렷해지고 싶지 않다. 대신 이 세상에서 윤곽이 가장 흐릿한 사물 아닐까 생각하는 나무들의 느슨한 윤곽선을 바라보며 나도 함께 희미해지고 싶다. 매 순간 흔들리고 매 순간 어딘가 시들어서 쪼그라들거나 그래도 매 순간 어딘가 자라면서.

언젠가 버스 안에서 우연히 마주친 한 승객이 기억에 남아 있다. 버스 기사와 환담하던 승객은 얼마 후 강릉으로 이사 올 모양이었다. 이 기쁨과 희망을 기사님께 조잘조잘 전달하는 모습이 강릉으로 이사 오기 전 나의 모습과 너무도 닮아서 슬며시 미소가 새어 나왔다. "강릉, 얼마나 아름다워요. 산과 바다가 있죠. 커피는 또 얼마나 맛있어요. 밤의 안목해변 커피 거리는 외국 같아 보이기도 해요. 이런 곳에서 일한다면 아무리 일해도 피로하지 않을 것 같아요. 일하다가 힘들면 언제라도 바다에 갈 수도 있고요."

지금 그 승객은 어떻게 지내고 있을까?(일단 강릉에서 일해도 피로한 것은 피로한 것입니다.) 일하다가 힘이 들면 언제라도 바다에 가시나요? 묻고 싶다. 저는 언제든지 갈 수 있으니까 오히려 안 갈 때가 늘었어요. 대신 이런 기분에 대해 시를 썼지요.

"바다에 가까이 산다는 것은 / 바다에 가까이 산다는 기분과 사는 것"*이라고요.

---

* 정고요, 「믿음과 기분」, 『아이가 세계를 대하는 방식』, 시용출판사, 2021, 13쪽.

[시]

믿음과 기분

믿음을 가지면 리듬을 가질 수 있다

조그만 세계에 후두두 떨어져 내리는

빗방울 조율할 수 있다

크고 나쁜 소식이

작고 좋은 소식과

섞일 수 있도록

달린다

잽싸게 혹은 느리게

정곡을 찌르는 속력으로

바다에 가까이 산다는 것은

바다에 가까이 산다는 기분과 사는 것

이따금 바다로 향하는 버스가

앞을 스쳐

지나간다

일정한 속력으로

없는 것에 대한 믿음을 가지는 것과

있는 것에 대한 기분을 가지는 것에 대해

생각하는 오후가 있다

얼굴이 필요해 애인의 얼굴을 가지는 것과

아름다움 없어서 아름다움으로 채우는 것에 대해

골몰하는 거울이 있다

거울의 파편에 비치는 것

지나가고 있다

여름 아니고

가을 아니고
계절만의 속력으로

한 알의 모래

어제 바다에서 신은 운동화를 오늘 또 꺼내 신는다. 운동화 바닥에 남아 있는 모래알들이 주는 작은 불편함 때문에. 이 작은 불편함이 어제 본 흐린 바다를 상기시킨다.

오후 네다섯 시 무렵의 가늘고 긴 그림자, 바람, 해변을 즐기던 사람들의 소음, 금가루처럼 빛나던 모래. 바다의 가장자리를 따라 걸을 때 몇 방울씩 떨어진 비와 바닷물의 온도를 자연스레 비교하였던 것. 갈매기는 날 때 다리를 어떻게 숨기는가 관찰하며, 발바닥 아래에서 크기가 달라지는 모래의 입자를 느끼며, 스스로 물수제비를 하는 물고기의 도약을 보며. 날이 본격적으로 흐려지기 전 해변에 누워서 파도를 하릴없이 바라보고 난 뒤였다.

바다의 한숨처럼 떠 있던 구름, 바다의 정체를 자꾸만 들통

나게 하는 파도, 하얗고 가벼운 것들이 어둠 속으로 가라앉으려는 검고 무거운 걸 자꾸 드러내 보이고 있었다.

간밤 일기에 쓴 문장이 여전히 어딘가에 남아 있다. 혹은 모래 속에 파묻혀 있던 고장 난 시계가 떠오른다. 내가 조금 더 빨리 갔더라면 고장 난 시각에 마주쳤을 텐데……

지난밤 일기장을 펼친 나는 하루 중 가장 느긋한 나이고 다음 날 출근하기 위해 버스 정류장으로 (달려)가는 나는 하루 중 가장 바쁜 나라서 운동화를 벗어 다시 털지 않는다. 요 아래 놓인 완두콩 한 알에 잠 못 이루는 공주 이야기가 떠오른다. 중얼거린다. 내가 모래알 공주가 아니어서 다행이지.

나는 한 알의 모래에도 온 우주가 담겨 있다는 걸 안다. 조금 알 것 같다. 아니 믿는다, 라고 해야 할까. 그래, 나는 한 알의 모래에도 온 우주가 담겨 있다는 걸 믿는다.

그럼에도 온 우주가 한 알의 모래알일 수도 있다는 것은 모른다. 많이 모르는 것 같다. 작은 것에서 큰 것을 볼 수 있다면 큰 것이 작은 것이기도 할 텐데…… 이를 이해하기란 어렵다. a = b라면 a → b, b ← a, 양쪽으로 오갈 수 있어야 하는데, 왜 한쪽으로 건너는 것에만 익숙할까. 산책하며 쓸데없는 것에 골몰한다.

그러다 깨닫는다. 나 역시 한 알의 모래이며 온 우주일 수도 있다는 사실을.

바다를 산책하는가 싶었지만 결국 내 내면의 광활한 우주의 어느 구석을 산책하고 있었네, 집에 돌아와 신발 속의 모래를 털며 생각하는 것이다. 모래 안에는 모든 것이 들어 있다. 나와, 오늘 산책한 바다와, 내일 만날 세계가.

해변의 모래와 오후의 빛과 그림자가 만든 웅덩이에 고여 있던 고요에 대해서 두고두고 생각한다. 고요가 스민 모래 한 알 안에서 빙글빙글 돌다보면 완두콩 한 알 때문에 온 밤을 뒤척였던 완두콩 공주뿐만 아니라 앙리 미쇼의 이런 문장이 절로 떠오른다. 나는 나를 돌아다니기 위에 글을 쓴다는.

어떤 날은 정말 "나를 돌아다니기 위해" 산책한 것만 같아서.

나를 마음껏 산책하고 돌아와 느긋한 마음으로 생각한다. 시가 하는 일이란 허수경 시인이 번역한 파울 첼란의 시처럼,

모든 이의 눈 아래서 모래 한 알이 반짝일 때까지 기다리는 것. 시간이 지나 이맘때를 추억하며 말할 것 같다. 이해는 파울 첼란을 읽으며 보냈다고. 시집을 읽다 잠이 들면 나의 속눈썹만 몰래 해변에 다녀왔다고, 일어나면 속눈썹에 묻혀 온 모래와 소금을 털어냈다고. 작은 언덕에게 평평해지라는 말, 결코 안 할 거라 다짐하는 나날이었다고.

죽은 새와 열람이 허락되지 않는 책 한 권

산책하다가 죽은 새를 보곤 한다. 학원에서도 간혹 초등학생들이 대단한 일을 겪었다는 듯, 걷다가 죽은 새를 보았어요, 말한다. 어떤 학생은 죽은 새의 사진을 찍어 내게 보내며 어떻게 해야 할까요? 물을 때도 있다. 슬프게도 나는 어쩔 수 없지, 명복을 빌어주고 (그럼 명복이 뭐예요? 라고 메시지가 온다) 만지지는 말렴. 절대 만지면 안 된단다, 죽음을 애도하기보다는 학생의 안전을 염려하는 말을 한다.

봄비가 차분하지만 줄기차게 내리는 날, 누군가와 함께 걷다가 죽은 새를 본 적이 있다. 비 때문이기도 했지만 그때도 명복만 빌어주었다. 한갓진 데에 사체를 옮겨주고 싶었는데 아직 친하지 않은 상대를 옆에 두고 그런 행동을 하기가 쉽지 않았다. 길을 나서기 전 에스프레소를 마시며 새에 대해 짧은 대화를 나누고서 목적지로 가는 길에 죽은 새를 보다니, 예사롭지 않게 느껴졌는데도 사체를 더 아늑한 곳으로 옮겨주지 못한 것이 두고두고 마음에 남아 있다.

상대는 새가 가장 신성한 동물이라고 했다. "고양이나 강아지처럼 만지고 싶어서 다가가도 절대 만질 수 없죠, 내가 결코 닿을 수 없는 곳으로 날아가버려요." '신성한', 오랜만에 들어보는 표현이었다. 다른 사람이 말했으면 예사로웠을 이 형용사를 그에게서 들으니 참 순수하게 느껴졌다. 어떤 단어는 단단하고 순수해서 마음을 울린다. 길어 올린 단어의 위치가 얼마나 깊고 맑은 데였는지 알 것만 같아서 쉽게 감동하고 만다. 이후로 새만 보면 생각했다. 신성한 존재. 신성한 동물. 죽은 새가 특히 애처로운 것은 이런 이유였을까. 생각해보면 그렇다. 새가 먼저 있고 천사가 있었을 것이다. 새의 날개를 본떠서 천사에게도 날개를 달아주었을 것이다. 새처럼 신성한 상상의 존재를 표현하기 위해서.

강릉에 와서도 죽은 새를 여러 번 지나쳤다. 얼마 전에야 인도에서 죽은 새를 근처 관목 밑으로 옮겨주었다. 마침 오목한 공간이 있어 이 안에 사체를 옮겨 마른 풀 더미 등으로 덮어주었다. 그러자 죽은 새는 세상이 한때 펼쳐보았던 책 한 권이었다가 이제 아무에게도 열람이 허락되지 않는 작은 책이 되어 조명 없는 벽감 속에 놓인 것 같았다. 작고 아늑한 둥지 속에서 갓 잠든 어린 새처럼 보이기도 했다. 좋은 곳으로 가렴. 나는 잠시 눈을 감고 두 손을 모아 빌었다.

여느 휴일처럼 바다와 나란하게 난 길을 걷다가였다. 한여름을 지나 여름이 막 가시려는 참이었다. 한 김 식은 바람이 불어오고는 했다. 바람을 들으려고 내 귀는 점점 자랐다. 비가 온 다음 날이라 새를 내려놓은 근처의 관목에는 기하학적 무늬를 한눈에 알아볼 수 있을 만큼 한 점의 손상도 없는 커다란 거미줄에, 세상에서 가장 값진 보석처럼 물방울이 매달려 있었다.

길을 잃는 기쁨

태어난 곳이 아니고 자라난 곳이 아니어도 어느 때부터 오래 살아서 낯익은 도시를 산책하는 일에서 하나 아쉬운 점은 길을 잃어본 적이 없다는 것이다. 방향치임에도 길을 잃어본 지 오래되었다. 어릴 때 엄마의 심부름을 다녀오다가도 길을 잃어서 엉엉 울었던 나는 지금 어디를 헤매고 있는 걸까. 그때 길을 잃고 우는 내게 길을 가르쳐주는 척하면서 내 셔츠 윗주머니에서 거스름돈을 슬쩍 빼앗아 갔던 동네 오빠는 지금 어느 골목의 귀퉁이를 지키고 서 있을까. 21세기를 사는 나는 여전히 방향치지만, 지도 앱에 의지해 걸으면 지금 내가 어디에 있는지 어느 방향으로 걸어야 하는지 화살표로 알 수 있는 어른이 되었다.

폴 토머스 앤더슨 감독의 영화, 〈마스터〉 속 인상적인 대사를 기억한다. "길을 잃었나? 정도에서 벗어나 헤매고 있냐는 말일세."

길을 잃는다는 건 정도(正道)에서 벗어난다는 것. 길을 잃는다는 걸 다시 정의할 생각조차 해보지 못한 나의 머리를 한 대 치는 것 같은 정의였다. 내가 삶에서 길을 잃었구나, 방황했구나 생각되는 시기를 돌이켜보면 정말로 그랬다. 어떻게 살아야 하는지 투명하게 알면서도 그렇게 살지 못할 때였다.

삶은 정도를 벗어나면 방황하게 된다, 길을 잃는다.

그러나 가끔은 길을 잃고 싶어서 혹은 잃어도 상관없다는 마음으로 혹은 오히려 길을 잃어 기대하지 않았던 것을 마주치기를 바라며, 목적지를 지척에 두고 이상한 고집으로 앱을 외면한다. 얼마 전에도 그랬다. 오랜만에 부암동의 환기미술관에 가는 길이었다. 순전히 기억에 의지해보겠다며 아마도 이 길이었을 거야, 하고 꽤 걸어 올라갔지만 미술관은 결국 보이지 않았고 대신 예쁜 카페라든가 초록 잎들이 무성한 골목을 지나며 산책 친구와 서로 사진을 찍어주었고, 현실에서는 도무지 쓸 일이 없을 귀여운 표지판을 만나서 웃었다. 이를테면 공룡을 조심하라는 표지판, 주위에 기찻길이 있을 리 없는데 지나가는 기차를 유의하라는 표지판. 다음 일정이 정해져 있었고 허락된 시간을 다 써서 미술관 근처에도 가보지 못하고 올라갔던 길을 고스란히 내려와 그제야 앱을 열어보고는 이 갈림길에서 내가 다른 길로 가고 말았네, 멋쩍어하며 뒷머리를 긁적였지만 정말이지 상관없는 마음이었다. 우리는 덕분에 멋진 날씨(한차례 비가 그친 여름 날씨였다)를 즐기며 산책해서 좋았다고 이야기했다.

정해진 시간에 정해진 목적지에 도착해야 하는 몸의 이동을 벗어나 정해진 시간도 없고 정해진 목적지도 없는 마음의 이동을 하고 싶은 날이 있다. 이럴 때 산책은 도움이 된다. 의도적으로 길을 잃고자 하는 마음을 옅게 풀어서 정처 없이 발길 닿는 대로 걷는다. 어쩌면 우유부단함과 망설임을 허락하면 허락할수록 좋다. 조금만 발길을 비틀어도 지금껏 걷지 않은 골목길을 선택할 수 있고 이렇게 펼쳐진 풍경은 새로움을 준다.(늘 가던 길 대신 다른 갈림길을 선택했을 뿐인데 한 번도 보지 못한 흑염소 가족을 마주친 적이 있다.) 삶에서 정도를 잃으면 나락에 떨어질 수도 있지만 산책에서 정도란 있지도 않고 설령 있다고 해도 잃었을 때 고작 낯설 뿐이다.

산책하다 만난 동물들

내리는 봄비에 개구리를 밟지 않기 위해 조심조심 걷던 인제 한계리의 밤이 생각난다.

이날 초저녁엔 이미, 동면에서 깨어난 개구리를 잡는 사람들을 만난 뒤였다. 그들은 파란색 비닐봉지에 마치 쓰레기를 주워 담듯 아스팔트 위 돌처럼 미동 없이 봄비를 맞는 개구리를 집게로 주워 담는 중이었다. 나는 생각했다. '개구리의 천적은 인간이다.' 개구리를 잡는 행위가 예전과 달리 범법 행위라는 것은 나중에 알았다. 그들의 행위가 무척 못마땅했지만 나는 아무 말도 하지 못했다. 그저 그날 밤 손전등으로 발밑을 비추며 걸었다. 혹시라도 발을 잘못 디뎌 개구리를 밟지 않도록.

기억할 만한 다른 일화는 한계리에서 밤 산책을 할 때 망나니처럼 산으로 뛰어가던 고라니와 부딪힐 뻔한 것이다. 고라니도 놀랐겠지, 이 동네에 이렇게 야심한 시각에 산책하는 사람이 없었는데 어디서 도시 얼뜨기가 와서는 모두가 곤히 자는 시각에 나와 돌아다니는가, 하면서.

강릉의 남대천을 산책하다 만난 가장 인상적인 동물은 수달이다. 산책 친구들에게 목격담만 듣던 중 한밤에 달리다가 나도 어렴풋이 보았다. "남대천에서 무슨 외계인 소리 들리는 것 같아서 보니 수달 가족이었다. 연어를 노리나보다."〔2020년 11월 11일〕 남대천의 초록 덤불 속에서 한가로이 풀을 뜯어 먹는(눈이 마주쳐도 아랑곳하지 않고 계속 풀을 뜯어 먹는 게 인간이 접근하기 어려운 곳이라는 걸 이미 아는 것 같았다) 고라니도 두어 번 보았고 먹이를 찾아 어슬렁대는 너구리도 보았고 어느 날에는 산책로를 포복하는 도마뱀을 보기도 한다. 동네 친구는 자라도 보았다지만, 나는 물가에서는 오리와 왜가리, 백로 들을 본 게 다다.

인제의 물가에서 제법 자주 보았지만 강릉에서는 바닷가에서 두어 번 목격한 알락할미새도 인상적인 새다. 왜 할미새일까, 울음소리는 무척 또랑또랑해서 전혀 할머니가 아닌데, 하고 고개를 갸웃거리며 찾아본 할미새의 어원은 두 가지였다. 꼬리를 흔든다는 의미의 '할미'이기도 하고 하얀

색을 띤 머리 부분이 할머니를 연상시켜 할미새라는 이름이 붙었다는 거였다. 과연 알락할미새의 율동적으로 걷는 모습은 꼬리를 흔들면서 나온다. 알락할미새가 꼬리를 까딱까딱 흔드는 것은 먹이를 발견했을 때 꼬리의 탄력을 이용해 재빠르게 벌레를 잡기 위해서라고 한다.

골목길 안쪽에서는 가끔 밥때를 놓친 길고양이들을 본다. 빈 밥그릇 옆에서 고양이는 느긋하다. 기다리는 것이라면 무엇보다 자신 있다며 시간과 느른한 대치를 벌인다.

어느 이른 봄날에는 하평들의 큰길 말고 작은 길로 걷다가 한 축사의 흑염소 가족을 만났다. 흑염소는 뾰족뾰족한 잎들에 앙증맞은 노란 꽃이 달린 큰방가지똥을 유난히 잘 먹었다. 염소들이 이 풀을 씹을 때마다 내가 셀러리를 먹을 때와는 비교할 수 없이 경쾌한 소리가 났다. 나는 근방의 큰방가지똥을 거의 바닥내었다. 바닥낼 때쯤 마음이 복잡해졌다. 강릉엔 흑염소집이 많은데……

송정해변 쪽 솔숲을 산책할 때 자주 보는 야생동물은 청설모다. 내가 아는 동물을 최소 세 종은 섞어놓은 듯한 생김새로, 멋모를 때는 다람쥐라고 했겠지만 분주한 저 동물은 다람쥐가 아니라 청설모라는 것을 유독 안다. 다람쥐는 인제에 살 때 백담사 근처의 산길을 오를 때 많이 보았는데 이곳의 다람쥐들은 내가 만난 다람쥐 중 가장 인간 친화적이어서 놀라곤 했다.("다람쥐의 사교성이 인간인 나를 압도하는 것 같다."〔2014년 11월 11일〕) 등산객들의 간식을 종종 얻어먹어서인지 누구에게나 다가가 너만 먹지 말고 나도 좀 주지, 하는 눈길로 바라보곤 했기 때문이다. 다람쥐는 도토리만 먹는 줄 알았는데 등산객들이 주는 땅콩을 저렇게 좋아하는구나 싶었다. 땅콩을 이쪽 볼에 저쪽 볼에 한껏 넣고 이 등산객, 저 등산객에게 가서 또 땅콩을 달라고 하는 다람쥐의 모습은 정말 애니메이션에서 갓 튀어나온 것 같았다. 저 조그만 몸에 이 세상의 모든 땅콩을 담을 수도 있겠다 싶은. 살면서 다람쥐를 그렇게 가까이 본 것은 처음이었다. 그렇지만 너무 가까이 가면 다람쥐는 내가 모르는 길로 어느샌가 재빠르게 사라져버린다.

여기 송정에서도, 청설모가 이 나무에서 저 나무로 매끄럽게 이동하는 것을 보고 있으면 세상엔 내가 모르는 길이 많다는 것을 알게 된다. 이름 모를 열매를 갉아 먹는 청설모를 가만히 바라보고 있노라면 청설모의 기쁨과 나의 기쁨이 달라서 다행이라는 생각이 든다. 기쁨이 너무도 같아서 다투지 않아도 된다고, 기쁨이 같아서 한 점에서 만나지 않아도 된다고, 청설모와 나는 언제까지나 평행하면 된다는 게 깊은 안심이 된다.

청설모는 청설모대로 먹는 데 열중하고 나는 나대로 청설모를 보는 데 열중한다는 게.

산책하다 만난 사람들

인제 한계리에 살 때는 산책의 반경이 빤해서 산책하다가 동네 사람들과 인사를 나누는 것이 으레 있는 일이었다. 동네 사람들은 내가 뭐 하는 사람인지 궁금해하다가 (하루에 두 번, 늦은 오후와 밤에 산책을 해서 직업이 '산책인'인가 싶었을 수도 있다) 글을 씁니다, 라고 말하면 고개를 끄덕이곤 했다. 꽤 보수적인 동네였는데 "글을 씁니다"가 어떤 질문에도 답이 되는 마법의 문장이었던 걸 생각하면 지금도 슬그머니 웃음이 나온다.

한계리에서의 동네 산책 중에 기억에 남는 일화가 있다.

당시 우리 동네의 가장 윗집에 살던 남자는 윗집 할머니네 사돈총각이라고 했다. 누군가 지나가는 소리로 왜 노총각인가 물었더니 윗집 할머니는 뭐, 키가 작아서지, 라고 하였고 아랫집 할머니는 에휴, 이런 산골 동네에 뭐가 좋다고 시집을 오겠어, 라고 하였다.(그 산골 동네가 좋아서 이사한 나는 이런 이야기를 들을 때마다 관찰자적 시점이 되어 빙글거렸다.)

그러거나 말거나, 그는 꽤 유쾌한 성격의 소유자였다. 산책길에 있어 소유권이 어디에 귀속이 되는 걸까 고심하면서 선뜻 따 먹지 못했던 자두나무의 소유권의 역사를 읊어주며(잘은 모르겠지만 옛날에 자기 집이었는데 팔았다는 거였다) 따 먹어도 된다고 일러주기도 하였다.

며칠 후에는 그를 만나 무턱대고 안겨주는 자두 한 봉지를 받았다. 길가의 자두는 아니었고 동료 직원에게서 받았는데 많다며 덜어준 것이었다. 까만 비닐봉지가 가득 찰 만큼이었다.

시어도 맛있고 달아도 맛있는 자두를 좋아해서(아무 맛도 안 나는 자두는 당첨 제비에서 '꽝'을 뽑은 듯한 작은 낭패감을 주었다가 금세 이다음 자두는 맛있겠지, 기대하게 해 재밌다) 며칠 동안 무척 맛있게 먹었다. 너무 맛있게 먹은 나머지 이 고마움을 어떻게 갚지, 고민이 되었다.

마당의 나무들을 돌보다가 마침 그가 자전거를 타고 지나가길래 "저번에 주신 자두 정말 맛있게 먹었습니다"라고 인사를 했다. 그는 "그래요"라고 응수했다. "이 고마움을 무엇으로 갚아드리죠?"라고 웃으며 묻자 그는 우리 마당의 사과나무를 가리키며 답했다. "사과 익으면 길 지나가다 하나씩 따 먹을게요"라고. 〔2014년 7월 26일〕

강릉에 이사 와서 다시 아파트에 살면서, 종종 마당이 딸린 한계리의 집이 떠오르곤 한다. 마냥 그리워하는 것은 아니고 양가적 감정이 든다. 마당에서 열리는 배와 사과며 복숭아를 따 먹는 것은 좋은 일이었지만(돌아가신 집주인 할아버지가 심어놓은 나무들이었다) 화학적 비료를 쓰지 않아 때맞춰 벌레 잡고 풀을 뽑고 돌을 고르는 일은 힘이 들었다. 계절이 바뀔 때마다 여러 가지 꽃들이 각기 얼굴을 자랑하면서 피는 한계리 할머니들의 정원에 비하면 우리 정원은 단조로운 편이었는데도 이웃들 보기에 부끄럽지 않게(도시에서는 결코 느껴보지 못한 종류의 절박함이다) 유지하는 데에는 품이 많이 들어갔다. 나는 정원이 가능할 수 있는 아름다움과 풍요로움을 모두 꺼낼 만큼 부지런한 사람이 아니라는 것을 깨달았다. 나는 정원을 돌보는 것보다 규칙적인 산책과 충분한 독서와 글쓰기를 더 좋아하는 사람이었다. 메리 올리버 같은 시인이 자연계에 속한다면 아마 나는 인간계에 애매하게 발을 걸쳤을 것이다. 완전히 인간계에 속한대도 염증을 느낄 테지만.

(그래서 중간계인 강릉을 택했나 보다. 산과 바다를 끼고 있는 중소도시 강릉을. 생계를 위한 직업에서 중간계인 인간, 자라고 있는 사람과 대면하기를 택한 것도 그래서인가 보다.)

최근 산책에서도 눈에 띄는 사람이 있다. 안목해변과 송정해변 즈음을 맨발로 걷다가 앉아서 한정 없이 바다를 바라보는 사람이었다. 어쩌면 내가 그를 인식하기 전에도 늘 그는 이렇게 바다를 보고 있지 않았을까 싶은. 내리쬐는 태양에도 아랑곳하지 않고 바다 곁을 걷다가 마음이 내키면 모래 위에 앉아서 볼 수 있을 만큼 바다를 보는 것 같았다. 그의 피부색이 태양을 얼마나 괘념치 않았는가를 말해주었다. 초콜릿 같은 피부색, 걷은 소매나 바짓단을 통해 드러나는 그의 골격은 피와 살이 흐른다고 잘 상상이 되지 않았고 미술관에 전시되어야 할 조소 작품처럼 보였다. 여느 날처럼 바다 사진을 찍다가 스마트폰의 카메라 화면으로 그를 처음 인식하였던 날, 나는 숨을 한 번 몰아쉬어야 했다.

많은 이야기를 간직한 듯 보이면서도 그렇게 비어 보이는 옆모습은 처음이었으니까. 비었으니 아무것으로나 채워도 좋다, 아니, 꼭 바다로 채워야겠다는 결연함이 엿보이기도 했다. '쓸쓸하다' '슬프다' '외롭다'처럼 익숙한 형용사로 갈음할 수 없는 인간의 옆모습에서 비인간의 형용사를 발견한 것 같았다.

나쓰메 소세키의 소설 『춘분 지나고까지』에서 게이타로라는 인물은 탐정이 하는 일에 빗대어 "인간의 이상한 장치가 깜깜한 밤에 어떻게 작동하는지 그 모습을 경탄하는 마음으로 바라보고 싶다"고 했다. 바다에 가면 나는 이 문장을 바꾸어 이렇게 말해보고 싶기도 하다.

인간의 이상한 장치가 바다에서 어떻게 작동하는지 이 모습을 경탄하는 마음으로 바라보고 싶다.

좋아하는 계절 이야기를 나눈 적이 있다. 상대는 가을을 가장 좋아한다고 했다. "돌아보면 가을에 늘 뭔가를 시작했어요. 선생님은 어떤 계절을 가장 좋아하세요?" 나는 여름을 가장 좋아한다고 했다. 조연호 시인이 이야기했듯 여름에 여름을 뒤돌아보는 것은 피곤한 일이지만 나는 여름을 정말 좋아한다. 기후변화로 올해 겪은 여름이 가장 시원한 여름일 거라는 믿을 만한 괴담을 상기하며 다음 해 여름은 얼마나 더울까 사뭇 걱정스럽긴 하지만.

여름이 좋은 이유 중 하나는 꽃 때문이다. 갖가지 다채로운 꽃을 볼 수 있는 즐거움은 단조로운 무채색의 삶을 사는 내게 자연으로나마 색을 입을 수 있도록 허락한다. 여름은 여름의 천성에 사람을 복종하게 하기 때문이다. 무모하면서도 정확하게. 여름이면 여름에만 볼 수 있는 최상의 나를 발견해서 비축해놓곤 한다. 언제든 맞닥뜨리는 최악의 나와 더하여 둘로 나눌 수 있게. 이 문장의 아이러니는 최악의 나 또한 여름에서 발견된다는 점이지만.

골목길을 산책하며 여느 집 화단들을 엿보는 걸 좋아하는데 여름이면 특히 그렇다. 며칠 전에는 2층 카페에서 내려다보이는 넓은 정원이 있는 집에서 주인이 장화를 신고 앞치마를 걸친 채 자질구레한 정원 일을 하는 동안 그 주위에서 고양이 두 마리가 노는 모습을 실컷 바라보았다. 실례겠지 생각하면서도 바라보기를 멈출 수 없는 광경이었다. 동화 속 한 장면처럼 날아다니는 나비를 잡고 싶어서 풀숲에 웅크렸다가 수풀 사이로 나타나곤 하던 노란 고양이의 모습이 눈에 선하다.

골목길 곳곳의 여름꽃과 풀에 감탄하는 한편 탐스럽기 그지없었던 한계리 할머니들의 여름 정원이 떠오른다. 내가 아는 꽃 이름의 팔 할은 한계리에서 터득했다. 할머니들의 집 앞을 지날 때마다 와— 예뻐요, 놀라며 애는 이름이 뭐래요, 물어보기도 하고 검색을 통해 익히기도 했던. 달리아, 금낭화, 천일홍, 꽃범의꼬리, 작약, 모란, 구절초와 샤스타데이지, 쥐오줌풀, 금낭화, 겹황매화, 캄파눌라, 백일초와 '족

두리꽃'이라고도 불리는 풍접초, 과꽃, 금불초, 참취꽃, 등갈 퀴나물, 붉은병꽃나무, 개망초, 애기똥풀, 석잠풀, 두릅나무꽃, 더위를 이겨내는 데 좋다지만 갈아서 마시면 그 맛이 이루 말할 수 없이 쓴 익모초, 겹삼잎국화, 조록싸리, 내가 아는 가장 은은하고 고혹적인 향기를 지닌 고광나무꽃, 부처꽃, 달맞이꽃, 이름을 몰랐을 땐 꼬마 해바라기라고 불렀던 루드베키아, 참나리, 쉬땅나무, 산딸나무, 들꽃은 한 줄기 있을 때보다 여럿이 모여 있을 때 더 예쁘다는 것을 알게 해준 서양톱풀, 꿀풀, 끈끈이대나물, 연보라와 노랑의 조합이 어여쁜 벌개미취, 메리골드……

여기 와서 엄마 아빠 손 붙들고 가다 저거 뭐야, 라고 물어봤던 어린 시절처럼 부쩍 질문이 늘었다. "저건 무슨 새일까?" "이 꽃의 이름은 뭘까?" 가끔 이웃 할머니들을 붙잡고 여쭤본다. "할머니, 이 나무 이름은 뭐예요?" "이 꽃 이름은 뭐였죠? 예전에 알았던 것 같은데 잊어버렸어요"라고 여쭈면 할머니들은 상세하게 답해주신다. "응. 이거 다리화야." "어? 이거 가래나무야. 손주 녀석 학교 교장 선생님이 심으라고 준 거야. 자네 마당에 있는 게 호두나무고." "이거, 비비추지.” “이건 주목나무라네.” 나는 다리화를 몰라 휴대전화로 검색을 한 뒤 아, 어쩐지 달리아 같더라니, 다리화와 달리아가 같은 꽃이구나, 고개를 끄덕이고 가래나무와 호두나무가 무척 비슷하게 생겼다는 사실에 놀란다. 대학 다닐 때 훈민정음 독해를 강론한 국문과 교수님은 글 쓰는 사람에게 실제로 보는 것만큼 좋은 공부가 없다고 하셨는데, 그런 면에서 한계리에 사는 것은 내게 여러모로 공부가 되는 셈이다.

　　　　이곳에 온 이후에야 달맞이꽃이 왜 ‘달맞이꽃’인지도 알았다. 어느 달밤, 다음 날 비가 온다고 하니 텃밭에 빗물을 받을 양동이의 덮개를 열어놓으러 가는 길, 한 번도 보지 못한 꽃이 노오랗게 벙긋벙긋 피어 있었다. “어머, 이게 무슨 꽃이지?” 했는데 바로 달맞이꽃이었다. 아, 이래서 달맞이꽃이라고 하는구나. 진정으로 너의 밤은 낮보다 아름답구나, 하였다. 〔2015년 7월 21일〕

무겁지 않게 여름비가 오는 날이면 어둑한 시야에 환한 등을 켜놓은 듯 고요한 아름다움을 뿜고 있었던 한계리의 꽃들이 홀연히 마음속에 필 때도 있다. 꽃의 얼굴을 오래 들여다보았더니 나의 얕은 추측보다 훨씬 깊어서 놀랐던. 꽃 속에 또

꽃이 있고 이 꽃 속에 고요가 있네, 노래하게 하였던.

　　　한계리에 살 때 길가의 과꽃에서 씨를 받아 마당에 뿌리고 장날 마트 앞에서 펠라고늄과 여러 종류의 허브류 화분을 사들였던 건 할머니들과 경쟁하기 위해서가 아니라 할머니들 보기에 부끄럽지 않으려고였다. 어깨는 견주진 못해도 무릎 정도는 되는 이웃이어야지, 하는 마음 때문이었던 것이다. 지금은 아파트 베란다와 학원의 입구에 화분 몇을 놓아두고 정성스레 돌본다. 화분들을 나란히 세워두고 물을 주는 날이면 이제 내가 행인에게서 질문을 받곤 한다. "와―예뻐요, 애는 이름이 뭐래요?"

　　　예전에 서울에서 자취할 때 연쇄살식마(?)였던 걸 생각하면 괄목할 만한 변화다. 가끔 학생들이 화분의 식물들을 죽이지 않고 잘 키우는 비결이 뭐냐고 물어보면 나는 별것 없다고 대답하며 한 가지를 강조한다. "물 주는 날을 기록해두는 거야." 그러면서 탁상 달력을 들어 보인다. 마냥 방치해서 식물을 말려 죽였던 것과 반대로 너무 조바심을 내서 식물을 죽이기도 했는데 중요한 것은 방치도 조바심도 아닌 적당한 거리 유지라는 말을 덧붙일 때도 있다. 시인 에밀리 디킨슨이 "거리에서 부드러움이 나온다"라고 말한 것처럼.

여름꽃을 눈에 마음에 마음껏 담고 집에 돌아오는 날에도 에밀리 디킨슨의 문장들이 떠오르곤 한다. 내가 사랑하는 몇 안 되는 것들을 그 누구보다 사랑하는 사람에게 조잘조잘 들려주고 싶은 마음이 드니까.

나무들

매일 집을 나서면 나를 반겨주는 나무가 있다. 아파트 단지 놀이터에 위치한 이 나무는 시골 마을 입구에 으레 위치한 정자나무처럼 키가 크고 잎사귀가 풍성하다. 이 나무를 얼마나 좋아하는지 나무도 모르고 나도 모른다. 겨울만 아니면 나무 아래 벤치에는 할머니들과 아주머니들이 앉아 담소를 나누고 놀이터에서는 아이들이 공놀이하거나 배드민턴을 친다. 반려 고양이 호떡이도 이 나무 아래 벤치를 좋아했다. 밤 산책을 마치고 어느 땐 벤치에 오래 앉아 바람이 흔드는 잎사귀들 소리를 듣곤 했다. 잎사귀 같은 두 귀를 쫑긋 세우고.

바삐 나서다가도 자연스레 눈길이 향하는 이 나무와 마주치면 어딘가 모르게 맺혀 있던 마음이 스르르 풀린다. 저렇게 많은 손으로 가만히 나를 배웅해준다니.

출근길에 보는 용지각의 능수버들도 좋아한다. 살

아오면서 본 능수버들 중 멋있기로 손꼽는달까. 기품이 있고 늠름하다. 강릉 최씨의 시조인 최문한의 말이 연못으로 뛰어들더니 용이 되어 승천하였다는 용지각의 전설 때문인지 몰라도 찰랑찰랑한 말의 갈기가 연상되기도 한다. 이무기도 아니고 말이 갑작스레 용이 되어 하늘로 올라가다니, 좀 생뚱맞은 데가 있지만.

남대천을 건너기 전 강릉의료원 맞은편에 있는 버드나무는 궁금증을 자아낸다. 영화 〈플로리다 프로젝트〉의 주인공 소녀 무니가 좋아하는 나무, 쓰러졌어도 계속 자라서 좋다고 말하는 나무처럼 언젠가 벼락이라도 맞은 모습인데 이를 염려하지 않는다는 듯 당당한 풍채가 눈길을 끈다. 이 풍채는 심장을 단순화한 모습 같기도 해서 보고 있으면 무니처럼 그리고 무니가 좋아하는 나무처럼 단순해지고 단단해지는 듯하다. 복잡하고 무른 나는 나무를 오래 바라본다.

그리고 대도호부관아의 사랑하는 나무들. 나는 정말이지 참새가 방앗간을 그냥 지나치지 못하듯 대도호부관아를 그냥 지나치지 못한다. 여유가 있으면 언제든지 대도호부관아의 너른 잔디밭을 거닐고 칠사당 뒤뜰의 나무들 사이에 서서 가지와 잎사귀와 꽃이 가린 하늘을 목이 아플 만큼 바라본다. 시간이 허락하는 만큼 그리고 꽃들 사이를 날아다니는 벌들이 위협적이지만 않다면 나무들 사이에서 이름 모를 새소리를 듣는다. 나도 한 그루의 나무가 되고 싶어서.

언젠가의 출근길에 부러운 눈으로 바라보았던 나무 아래 벤치에 누워 있던 사람을 따라, 잔디밭이 바로 보이는 그 자리에 앉아서 미소 지을 때도 있었다. 나비가 날고 새가 울고 잎들은 바람에 흔들리다 간혹 한 잎이 떨어지고 개미가 기어가고 담장 너머 도로엔 차들이 지나갔다. 가장 좋게는, 이 모든 걸 한가로이 바라보는 내가 있었다.

5월 같은, 이른 봄에 낸 새잎과 가지가 자라느라 한창일 때, 나는 나무들에게서 몇 걸음 떨어져 조금 멀어진 나무둥치를 손으로 잡아보는 시늉을 하곤 한다. 손아귀에 꼭 맞게 나무둥치를 쥐고는 아, 세상에서 가장 근사한 초록 다발, 이라고 중얼거린다. 나무들은 거품처럼 부풀어 비눗방울 같은 가벼운 잎사귀들을 흔들며 화답한다.

늦가을에 이르러 잎 떨어진 가지에 커다란 전구같이 매달린 주홍빛 감은 말한다. 너, 여름에 나무랑 숲이랑 산이랑 같은 동아리에 가입한 것 잊지 마. 여름에는 여름의 분위기에 한껏 빠져 지내다 가을이면 또 금세 가을의 색채에 빠져버리는 나에게 지난여름을 상기시켜주겠다는 듯이.

내 앞에 나무 한 그루가 있다는 건 나무의 모든 나날이 내 앞에 있다는 뜻이다. 바람과 햇빛과 빗물과 흙에 소실된 나날까지 합쳐 나무는 지금 내 앞에 있다. 나무 한 그루는 나무의 모든 나날. 한 그루의 나무를 앞에 둔 나는 조용히 한숨을 내쉬듯 말하는 수밖에 없다. 그러니 하루를 어떻게 허투루 살 수 있을까. 기다리고 있는 것이 비록 실패라 할지라도.

5월의 풍경은 하늘과 나무다. 하늘과 땅 사이를 잇는 방식의 실패 중 나무만큼 아름다운 게 또 있을까. 시외버스 터미널 가는 길에 즐비한 이팝나무들 보며 생각한다. 가지마다 흰 꽃들 핀 게 꼭 눈이 내려앉은 것만 같아서, 너만은 지난 계절이 내리는 걸 알고 있구나, 이팝나무야, 또 무엇을 알고 있니, 하고. 〔2020년 5월 14일〕

취미인간의 피아노 산책

여섯 살 때 피아노를 배웠다. 처음 익힌 책이 아직도 눈에 선하다. 가로로 긴 책이었다. 페이지마다 낭비가 있었다. 간단한 일러스트와 오선지 한 줄에 음표 몇 개가 들어간 게 전부였다. 어린 나는 그 책을 좋아했다. 얇고 낭창낭창하면서 필요한 모든 것이 지겹지 않게 들어 있었다.

초등학교 입학을 앞두고 이사하면서 엄마는 나를 위해 피아노 학원을 수소문했다. 동네에서 가장 유명한 피아노 선생님은 나의 음악성 중에서 감성적인 부분(어쩌면 그게 전부일지도 모르는)을 발견하고 길러주었다. 문제는 기술적인 부분이었다. 자꾸 난관에 부딪혔다. 결국 학업에 더 매진해야 할 것 같다며 중학교 2학년 때 피아노를 그만두었다.

이후로 나는 피아노를 배우지 않았고 본가에 있는 피아노는 조율을 받는 일 없이 나빠져갔다. 그렇지만 성인이 된 나는 잦은 이사를 할 때마다 집 앞의 피아노 학원에 한두 달 등록해서 모차르트 피아노 소나타나 리스트의 소품들을 스치듯 배우곤 했다.

그런데 어쩌다보니 강릉에서 만난 피아노 선생님과는 육 년째 인연을 이어나가고 있다. 내가 나를 위해 처음으로 수소문한 선생님이었다. 피아노 학원의 문을 두드린 첫날 모차르트 피아노 소나타 10번을 연주했다. 연주가 끝나고 나는 누군가에게 피아노를 연주해 보여주었다는 사실만으로 가슴이 터질 것 같았다. 나의 피아노에 대한 애정을 한눈에 알아차린 듯 선생님이 말했다. "어떤 수준의 수업을 원하세요? 제가 줄 수 있는 것을 모두 드릴게요." 수줍게 나는 취미생과 전공생 사이 어디쯤의 수업을 원한다고 했을 것이다. 선생님의 상냥하고 열의에 찬 말에 감동해서 눈물을 떨굴 것 같은 심정으로 학원 등록 원서를 썼더니 역시나 등록 원서에 주소를 틀리게 적었다는 걸 집에 돌아가면서 복기했다.

육 년이라니. 언제부턴가 선생님과 나는 우리가 만난 햇수를 세어보며 놀라곤 한다. 나는 어릴 때와 마찬가지로 제멋대로 피아노 치는 습관을 완전히 버리지 못했다. 실력이 느는 속도도 여전히 느리지만 바깥에서 보는 속도와 상관없이 내가 나로서 느끼는 성장에 만족한다. 느려도, 혹은 느리거나 말거나 꾸준하게 피아노와 함께 걷고 있다. 면보대가 인상적인 중고 업라이트 피아노를 구입해서 학원에 놓고는 여유가 있을 때 짬짬이 친다, 짬짬이 산책하는 것처럼. 피아노와 함께 결코 달리고 있지는 않아도, 한 곡을 완주할 수도 있고 심지어 학생들에게서 신청 곡을 받아 연주해주기도 한다.

과거의 나에 대해 즐겨 쓰는 표현이 있다. '제멋대로.' "선생님께 피아노를 배우면서 제멋대로였던 과거를 고치고 있어요." 이렇게 말은 하지만, 한편으로는 예술에서 제멋대로의 시간이 얼마나 소중한지도 안다. 이 제멋에 겨운 시간이야말로 뭐랄까, 나중에 도래할 거침없는 지도 편달과 타인의 인정에 대한 목마름, 자신의 재능 없음에 대한 혹독한 직시에도 불구하고 예술을 계속하게 하는, 마르지 않는 샘 같은 걸 만드는 시간이라고 생각하기 때문이다. 그래서 나의 전략은 이렇다. 제멋대로의 시간을 지나 제멋대로를 고치고 있지만 결코 지겹지 않게.

'지겹지 않게.' 어쩌면 피아노를 대하는 나의 자세는 이 표현으로 요약되어도 좋을 것이다. 지금도 느슨하게 배움을 놓지 않는 것을 목표로 하고 있다. 누가 하라고 강요하지도 않고 대회에 나가고 싶은 것도 아니고 연주회를 여는 것이 목표도 아니고 그저 순수하게 나를 위해 무언가를 하고 있다는 것 자체가 이미 기쁨과 평온함을 준다.

한 달에 두 번, 금요일에는 피아노 수업을 받고 걸어서 출근을 한다. 버스를 타고 근처 정류장에 내려 피아노 학원까지 걸어가는 것까지 통틀어, 이 시간을 '피아노 산책'이라고 부르곤 한다.

버스에서 내려 얼마간 용강동 서부시장을 통과해 걷는 길은 '냄새의 길'이다, 점심시간 무렵이라 음식 냄새, 어느 날은 감자적(산적처럼, 감자전이 아니라 감자적!) 냄새일까, 고소한 냄새가 난다. 도토리묵도 무치는 것일까, 향긋한 들기름 냄새가 나기도 한다. 에스프레소를 마시곤 하는 단골 카페 두 곳을 지나치고 소금빵이 맛있는 카페에서 소금빵을 사기도 한다. 골목길들을 지나면서 제일 좋아하는 구경은 담장 안팎 구경이다. 한 길목에는 탐스러운 서양 버찌가 열리는 벚나무 집이 있다. 버찌가 열리면 나는 어린 시절 배운, 친절한 사탕 가게 주인이 나오는 단편소설을 떠올리며 벚나무 아래를 지나간다. 계절 구경을 할 수 있는 담벼락 안의 그리고 외벽 아래 늘어선 화분들의 옹기종기 꽃자랑, 잎자랑을 지나쳐 학원에 도착하는 길의 마지막은 제법 경사가 있다. 이름마저도 '발락고갯길'이다.

발락고갯길이라니. 고개를 넘다가 얼마나 숨이 찼으면 발락고갯길일까. 발락고개[發來峙]는 용마가 승천하기 위해 숨을 발락거리며 이 고개를 겨우 넘었다고 하여 생긴 이름이라고 한다. 여름에는 이 고개를 넘느라 땀방울을 제법 흘리고서 학원에 도착해 에어컨 바람을 쐬었다.

나의 피아노 연주도 한 줄기 바람처럼 시원하다면 좋을 테지만 수업 때 나는 여전히 긴장하고 몸이 풀리지 않는다. 그래도 조금씩 피아노에 나를 내려놓는 방법을 깨달아가고 있다. 늘 클래식 곡만 치다가 작사 수업에서 실용음악을 하는 학생들을 만나 좀 더 가벼운 곡들을 치면서 깨닫게 되었다. 피아노 수업을 계속 받는 이유도 스승과 학생이라는 관계를 계속 유지하고 싶기 때문이다. 인간은 혼자서는 결코 자신의 뒷모습을 볼 수 없으니까. 내가 생각하기에 스승이란, 너의 뒷모습을 계속 봐줄게, 네가 보지 못한 모습을 나는 보고 이야기해줄게, 내가 먼저 걸어본 길의 위험과 실수와 함정들을 네게 넌지시 말해줄게, 너의 길은 나의 길보다 더 근사한 풍경이 되도록 애써볼게, 하고 약속하는 사람이다.

잘하든 못하든 여전히 하고 싶다는 것, 잘하든 못하든 꾸준히 하는 게 하나 있다는 것. 이런 것들이 나의 피아노에 대한 소박한 자랑이다 .

학원에서 나오면 교습실의 열린 창가에서 다음 수업을 받는 학생의 한 줄기 상쾌한 바람 같은 연주가 흘러나온다. 과연, 하고 감탄이 나오는 유려한 연주. 지나가는 누군가도 나의 피아노 소리를 이렇게 듣곤 하는 걸까. 어쩐지 부끄럽다.

집중해서 한 시간 수업을 받으면 그렇게 배가 고플 수가 없다. 나는 곤드레 삼각김밥을 하나 포장해서 이제는 수월하게 내리막길을 내려간다. 귀여운 이름의 한의원이 자리 잡은 골목길을 지나면서 새로 생긴 편집 상점에 들러 찻잔을 사기도 하고, 가끔 연습실을 대관해 피아노를 치거나 작은 전시회를 관람하는 명주예술마당을 지나 남대천으로, 그리고 남대천의 징검다리를 건너 하루의 해야 할 일을 시작한다.

피아노 학원에 다녀와서 내 책상에 앉아 있는 날이

면 학생들에게서 으레 듣는 말이 있다. "선생님, 오늘 왜 이
렇게 행복해 보이세요?"

신과의 산책

대도호부관아 맞은편에는 부드러운 하늘색 외관의 아담한 성당이 있다.(크림 한 스푼 넣어 섞은 것 같은 이 하늘색을 내가 얼마나 사랑하는지 성당은 모를 것이다. 하늘과 은유적으로 가까운 장소가 하늘색이라는 사실도 좋다.) 임당동 성당이다. 피아노 레슨 후나 출퇴근길에 종종 들른다. 일요일 저녁 미사에 슬며시 참석할 때도 있다. 가장 뒷좌석 즈음에 앉아 열심히 성가를 부른다.(이때 아니면 노래 부를 기회가 거의 없다.) 봉헌하거나 성체를 모시기 위해 줄지어 움직이는 신자들을 구경하는 것도 나의 은밀한 재미이다. 사람들과 함께 기도문을 암송할 때면 마음과 입과 귀는 하나가 된다. 모두의 목소리가 천장 높은 본당 내부에 울려 퍼져 화음이 되고 우연의 음악이 되는 아름다움에 마음이 열리고 달싹인다.

어릴 때부터 스스로 이끌리기도 했고, 열성적인 천주교 신자였던 엄마(는 이제 열성적인 개신교 신자이다)의 영향력 아래 성당에 나가긴 했지만 종교라는 체계에 언제부터 회의를 품게 되었는지는 확실하지 않다. 종교인의 탐욕과 비상식을 보여주는 사건들도 영향을 주었을 것이다. 무엇보다 좋아하는 철학자 중 한 명인 스피노자에 관한 책들을 읽으면서 신이라는 존재에 달라붙은 인간 중심적 사고에 거리를 두게 되었다. 오히려, 내가 다니던 성당의 보좌신부였던 분들이 결혼하게 되었다는(한 분은 같은 성당의 수녀님과 결혼했다) 멀리서 들려온 소식은 종교에 대해 굳어진 내 마음을 풀어지게 했지만. 이상하게도 이런 일들은 사회면을 장식하는 뉴스와는 다른 방식으로 인간적이어서, 신도 외로움을 탄다는, 종교라는 인간의 체계가 없었다면 신은 정말 정말 외로웠을 것이라는 가정에 마음을 기대게 한다.

임당동 성당에 들러서 어느 날은 가장 좋아하는 노래를 신과 함께 듣고 어느 날은 스테인드글라스의 그림을 찬찬히 들여다보는 것으로 기도한다. 내가 가장 좋아하는 것, 내가 가장 잘하는 것을 신과 나누고 신에게 바치는 행동이 기도가 된다는 사실은 어린 시절 좋아한 동화인 아나톨 프랑스의 『성모 마리아의 저글러』에서 알았다.

어릿광대가 수도사가 되어 땀을 뻘뻘 흘리도록 곡예를 한다. 신전에서 그가 가장 잘하는 걸 바치는 중이다. 가장 잘하는 걸 신에게 바치는 것이 기도라고 배워서. 성스러운 장소에서의 망측스러운 모습에 놀란 동료 수도사들이 그를 끌어내려 할 때 성모상이 움직여 어릿광대 수도사의 눈물을 닦아준다. 성모 마리아가 수도사의 눈물을 닦아주는 대목을 읽으며 어린 나의 눈에선 어찌나 눈물이 쏟아졌는지. 그가 마저 흘렸어야 할 눈물이 현실과 환상의 경계를 뚫고 선형적 시간과 비선형적 시간의 경계를 허물고 내게 옮겨 온 것만 같았다.

언젠가부터, 자기 전에 늘 하는 기도가 신과의 대화라면, 임당동 성당에 가서 가만히 앉아 십자가상이며 성모상이며 성당의 스테인드글라스 창을 들여다보는 것은 신과의 산책이라고 생각하게 되었다. 구태여 나를 신과 친친 묶지 않고 흘러가는 대로 놓는다. 신 앞에서 짐짓 관망하는 체 여유를 부리며 신과 자유로이 거닌다. 나를 신이 사랑하는 개 한 마리쯤 된다는 마음으로 여기며. 신도 심심할 테니까.

산책자의 심정으로 기도를 드릴 때는 가만히 앉아

누군가의 신음 같은 기도 소리를 들으면서 나의 간절함을 저이의 간절함 뒤로 가만히 미루는 것으로 오늘의 기도를 대신하기도 한다. 어쩌면 나의 간절함은 간절하다는 착각인 건가 봐, 이렇게 미뤄지는 것을 보면, 중얼거리며 성당의 높은 문을 열고 나오기도 하는 날이 있는 것이다. 또 어쩌면, 기도조차 욕망이라면 기도도 그만둬야지 하는 심정일지도 모르겠다. 이런 심정을 알려준 육호수 시인의 시를 읽은 뒤로는 너무 간절한 걸 비는 것은 염치가 없어 보여서 나 말고는 아무도 안 빌 것 같은 고유하고 작은 소원을 내밀기도 한다. 그러고는 상상하는 것이다. 나의 소원을 들으면서 재는 좀 이상해, 지금은 이런 걸 빌어야 할 때 아닌가, 어리둥절해하는 신을.

　　(그러나 신이시여, 글을 쓸 때 제 심정은 꼭 저 어릿광대 수도사와 같습니다. 제가 제일 좋아하고 잘하는 걸 당신에게 바치는 심정으로 쓰는 거예요.)

산책의 노래, 노래의 산책

산책의 즐거움 중의 하나는 한적한 곳에서 자연스레 흘러나오는 노래를 부르는 것 아닐까. 혹은 아끼는 플레이리스트를 풍경과 나눠 듣기. 한 시절을 얼려놓은 플레이리스트를 들으며 다시 그 시절을 살기. 좋아하는 음악을 듣는 것은 홀로 산책할 때 조용히 꺼내보는 기쁨 중의 하나이다. 스노 글로브 속 계절이 늘 겨울인 것처럼 플레이리스트의 어떤 구간은 늘 그 시절이기 때문에.

산책이란 내가 사는 도시의 플레이리스트의 한 구간을 완성하는 일이기도 하다. 이를테면 장미맨션 앞에 장미세탁과 장미분식, 박계출헤어숍이 있다는 걸 아는 것. 어느 날 집으로 향하는 다른 길을 찾다가 '조보살'이라는 간판을 보고 사주를 볼까 고민하다 돌아와서 일기를 쓰는 것. 소담식당의 왕돈까스를 주문해 먹으며 정말로 큰일이 일어나

고 있다면 작은 일로도 이 변화를 이해할 수 있다는 시를 짓
는 것.

어쩌면 산책이란 도시와 함께 내면의 지도를 완성
하는 일인 것도 같다. 일상의 표면적을 넓히며 오늘은 동쪽
으로 오늘은 남쪽으로 오늘은 서쪽으로 오늘은 북쪽으로 내
키는 대로 반복하다보면 도시의 넓이를 아우를 수도 있는
일. 한 도시와 천천히 친해져서 서로를 알아가는 일. 차곡차
곡 쌓은 나만의 플레이리스트를 풍경과 나눠 듣듯이 이 도시
에 여행하러 온 누군가에게 나만의 구간을 안내해줄 수도 있
는 일. 구간에 담긴 외면과 내면을 함께 이야기할 수도 있는
일. 냉동고를 열어 아이스크림을 꺼내 먹듯이 내가 얼려놓은
한 시기를 선뜻 대접할 수도 있는 일. 한여름의 아이스크림
처럼 녹아내리던 나를 누군가 다시 얌전히 냉동고에 넣어주
었다고 말해볼 수도 있는 일.

도시를 통해 내가 노래하듯이 나를 통해 도시가 노
래하게 하는 일, 산책.

날씨인간의 산책

나는 '날씨인간'이다. 흐리거나 비가 내리면 도무지 맥을 못 춘다. 풍경과의 약속을 날씨가 훼방 놓는다고 불평한다. 오늘만 해도 그렇다. 그간 건조함을 벌충하는 단비이자 봄을 재촉하는 이슬비가 내리건만 집 앞 오 분 거리인 도서관으로 향하는 것이 다섯 시간 걸리는 장소로 향하는 양 어찌나 발걸음이 무겁던지. 곱슬인 머리카락도 말을 안 듣고 피부는 이유를 모르게(아니, 단 하나 이유가 있다면 비가 온다는 것이다) 간지럽고 몸은 젖은 솜처럼 무겁다. 비 오는 날이면 참을성마저 없어져서 나와 친밀한 학생들은 이미 눈치채고 있을 것이다. 비 오는 날이면 선생님은 더(더, 라는 부사가 붙어서 미안하다) 예민해진다는 걸.

어떤 날씨를 좋아하세요? 내가 사람들에게 자주 하는 질문이다. 오스카 와일드는 사람들이 정말로 날씨에 대한 상대의 견해가 궁금해서 묻는 게 아니라고 했지만 나는 정말 사람들이 어떤 날씨를 좋아하고 싫어하는지 날씨에 얼마나 영향을 받는지 혹시 나처럼 날씨에 지대한 영향을 받는 나약한 인간인지(?) 궁금해서 묻는다. 빈약한 통계일 테지만 지금껏 가장 빈도가 높은 답은 구름이 적당히 떠 있는 날씨였다. 비가 오는 걸 좋아한다든가 바람이 부는 걸 좋아한다는 의견도 있었다. 나처럼 양 볼이 달아오를 만큼 따뜻한 볕이 내리쬐는 날이 좋아, 라고 답하는 사람은 드물었다. 의외의 사실이었다. 아무래도 사람들은 강렬한 빨강을 가장 좋아하는 색으로 쉽사리 꼽지 않는 것처럼 강렬한 날씨도 좋아하지 않는 걸까, 태풍이나 폭설, 폭우 속의 날들을 힘겨워하는 것처럼 맑은 날씨도 그런 걸까, 이렇게도 저렇게도 짐작해보지만.

그래서…… "나를 죽게만 하지 않는다면 모든 고통은 나를 강하게 만들 뿐"이라던 니체가 나처럼 날씨에 일희일비했다니 왠지 든든하다. 나나 니체만큼 날씨에 영향을 받는 사람을 아직 보지 못했기 때문이다. 나만 날씨에 투덜대는 사람이 아니라는 사실에 위안을 받는다. 책이란 이런 걸까. 친구가 많지 않은 나는, 물리적으로 존재하는 책을 통해서 비물리적으로 존재하는 친구를 여럿 갖게 된다.(모두들 이런 식의 친구 한 명쯤은 갖고 있으리라 생각한다.)

닷새 동안 비가 내리는 흐린 날씨가 계속되자 그만 나는 쓰러지고 말았다. 가까운 사람에게 심한 말을 하였고 밤마다 엄마에게 전화해서 힘이 든다고 투정하였고 학생들에게도 다정하지 못했다. 흐린 날씨에 감기와 타박상이 겹친 결과이긴 했지만 나의 작은 몰락의 이유는 대부분 연속된 흐린 날씨 탓이었다.

좋아하지 않는 날씨 속에서도 산책은 계속할 수 있다, 라고 쓸 수 있으면 좋으련만. 나는 이런 날씨에 쓰러지고 마는 사람이니까, 솔직히 말하겠다. 좋아하지 않는 날씨 속에서도 계속할 수 있는 게 있다면 좋아하지는 않지만 해야만 하는 일이었다. 산책할 힘도 내지 못한 채.

내 친구 니체라면 아마 이렇게 말할 것이다. "나쁜 날씨가 너를 죽이지는 않았네." "나의 몰락과 건강의 변증법에 의하면 너는 삶이라는 악천후 속에서도 나아가는 중"이라고. 니체에게는 병이나 몰락이나 약함조차 건강과 회복과 강함을 위해 계산된 웅덩이라는 생각이 든다. 그런 그였음에도 결국엔 미쳐버렸지만. 아니, 그런 그여서 결국엔 미쳤을까?

힘들 때 고통은 우리를 강하게 만들 뿐이라는 니체식의 명제를 어금니 악물고 떠올리다가 니체가 결국 미쳐 죽었다는 사실을 상기하면 악물었던 이가 스르르 벌어진다. 이 틈으로 삶이 흐르는지도 모르겠다.

니체여, 그래서 제가 당신과 친구인 거예요. 당신은 나를 어디까지 견딜 수 있니, 나와 어디까지 함께 갈 수 있어, 하고 타인을 시험하는 편이지만 약함과 강함의 묘한 변증법 속에서 산책할 줄 아니까요.

여름의 초당, 초당의 산책

산도 있고 바다도 있는 강릉의 여름은 찬란하다. 봄에는 태풍처럼 불어대는 양강지풍으로 날씨가 궂을 때가 오히려 많은 반면(강릉에 이사 온 이래 봄이면 해마다 산불 걱정으로 마음이 조마조마하다) 여름이야말로 어디든 돌아다니기가 좋다. 물론 해를 좋아하는 나의 생각이다. 여름의 장마를 일 년 중 가장 힘든 기간으로 꼽는 내가 강릉의 여름에 가장 사랑하는 곳은 바다도 아닌 산도 아니고 초당이다. 초당에 여름이 퍼지는 순간을 사랑한다. 초록으로 물든 물에 초록의 그림자가 떨리며 드리워지는 고요한 순간을.

바다와 산에서는 바다와 산의 여름에 나의 여름이 압도당하지만 초당에 가면 나만의 여름 기분이 예리하게 살아나는 것만 같다.

초록이 초당을 차지하는 방식이 좋다. 어쩐지 초록

은 초당에서 더 초록초록한 것 같다. 계절에도 영혼이 있다면 여름의 영혼은 활달하게 초당으로 흘러들어온다. 초당은 여름의 전람회다. 여름이면 여름이 왔다는 것을 목덜미에서 등허리까지 분명하게 느낄 정도로 초당을 돌아다니는 걸 좋아한다.

초당을 좋아하면서도 초당이 왜 초당인지는 생각해본 적이 없었다. 이름의 유래를 알게 된 것은 불과 며칠 전이다. 지인과 초당에 있는 허난설헌 생가의 기념관에 갔다가 허씨 집안에 대한 글을 읽으며 알았다. 허난설헌과 허균의 아버지인 허엽의 호가 '초당'이었던 것이다. 그러니까 내가 고요를 좋아하고 고요를 지향해서 내 필명을 고요라고 한 것처럼 초당이 초당인 데는 이유가 있었다.

지인들이 강릉에 놀러 오면 꼭 초당에 데리고 간다. 초당 성당에 데려가고 초당 성당의 십자가를 보게 하고 굽이진 복도의 스테인드글라스를 통과하는 빛을 보게 한다. 심지어 일반적인 관광 코스로 넣는 허난설헌 생가를 생략하기도 하고 (생가 주위의 숲길을 생략하기란 어렵지만) 즐비한 순두붓집은 쳐다도 보지 않은 채 주택가의 아기자기한 꽃들이 얼마나 예쁜지 볕이 쨍할 때 올려다보는 하늘과 구름이 얼마나 귀엽고 맑은지를 알게 해주고 싶어서 안달이 난다.

그러고는 뒤늦게 눈치를 보는 것이다. 제가 너무 유명하지 않은 곳으로 데리고 가서 한정된 관광 시간을 괜한 곳에 허비하게 했나요? 코스가 너무 심심했나요?

초당엔 맛집도 많다. 물론 내가 아는 곳은 널리 알려진 맛집이라기에는 규모가 작지만. 관광객 흉내를 내고 싶을 때 한 시간가량 줄을 서서 소문난 커피를 마셔보기도 했다. 소문난 순두부를 먹어보기도 했다고 말하고 싶지만 나의 흉내는 커피까지다. 최근엔 동네 사람들에게만 입소문 난 나의 단골집에도 사람들이 늘어선 걸 보고 자그맣게 동요했다. 나만 알던 배우가 유명해지기 시작해서 좋은 마음과 싫은 마음이 교차할 때처럼.

최근엔 초당에서 씨마크 호텔 쪽으로 향하는 길을 새로 알았다. 여느 때처럼 강릉에 놀러 온 지인에게 초당을 소개하면서였다. 어쩐지 걸어보지 않은 길을 가야겠다는 모험심이 들었고 평소 걷는 길에서 조금 벗어났을 뿐인데 외국 같은 광경이 눈앞에 펼쳐졌다. 6월의 긴 휴일 중 하루였던 이날은 양산이 필요할 만큼 날이 화창했고 작은 하천 양쪽에 늘어서 있는 나무들의 녹음이 유독 짙었다.

"늪초록. 이런 초록은 늪초록이에요." 나는 감탄하였다. 감탄하며 초록의 비밀스러움에 대해 이야기했다. "왜 비밀스러운데요?" 지인이 물었다. 이렇게 여름의 한가운데로 향할수록 짙어지는 초록엔, 특히 물가의 초록에는 어두움과 비밀스러움과 어쩌면 음란함까지도 함께 있다고 답했다. 가장 짙게 번식하니까. 짙고도 짙은 초록 안에 무언가 있는 것 같지만 어두워서 무엇이 있는지 짐작할 수가 없으니까. 음란함이란 나의 단어에 지인이 웃었다. 지인은 그런 종류의 비밀은 이제 감당하기 힘들고 그저 투명한 초록이 좋다고 조용히 미소 지으며 이야기했다.

나는 어두움 한 방울과 비밀스러움 한 방울을 품은 초록이 좋다. 어둠이 밑에서 가만히 비긋기를 하는 것만 같은 초록이 좋다. 이를 감당할 수 있는지 생각해보지 않았지만 감당과 부담을 전혀 생각하지 않고 마음은 이미 달려간다. 달려가서 초록에 기꺼이 물들어버린다. 깊숙이 무엇이 있는지 모르겠는 것을 오래 보지 않으려 했지만 초록은 이미 내 안에 들어와버렸다……

초당에서 집까지 걸었다. 이 동네는 정말 조용하구나, 입을
모아 말하면서. 여름이 완전히 깊어지기 전에 밤이 완전히
깊어지기 전에 호젓한 동네를 산책하는 건 정말 좋은 일이
지, 입을 모아 말하면서. 초록이 짙어져 검정이 된 것 같은
숲을 간혹 곁눈질하면서, 그러니까 그 안에 무엇이 있는지
모르겠는 걸 오래 보지 않으려 하면서. 오래된 건물에 새로
칠한 산뜻한 색깔과 간판의 단정한 글씨를 칭찬하면서. 임대
라고 써 붙인 상점 자리를 지날 때면 서로의 한도에 걸맞은
상상을 덧붙이면서. 다소곳한 동네의 저녁이니까, 다소곳하
게 걸었다. 〔2020년 6월 6일〕

가끔 등산

산을 좋아한다. "인자요산 지자요수(仁者樂山 知者樂水)"라는 잘 알려진 문장에 빗대어 바다와 산 둘 중에 굳이 하나를 고르자면 나는 산을 고른다. 이 문장이 이르는 대로 어진 사람은 아니지만. 그렇다고 지혜로운 사람도 아니지만. 어질고 지혜로운 사람은 더더욱 아니지만.

산을 오르는 걸 좋아하진 않는다. 산을 오르면서 가장 좋아하는 시간은 정상에 다다른 순간이 아니라 정상에 이르기 전 배낭에서 각자 준비한 점심을 꺼내 맛있게 나눠 먹고서(서로가 어떤 음식을 가져왔는지 열어보는 순간이 가장 설렌다) 잠시 한가롭게 휴식을 취할 때다. 요즘엔 이런 야생화가 피는군요, 이 꽃의 이름은 무엇일까요, 가만있자, 이 나무의 이름은 뭐였지요, 지금 울고 있는 새는 모차르트의 꾸밈음처럼 울어요, 라고 소곤소곤 잡담을 나누다 이 잡담마저

잦아들고 비로소 한낮 숲의 고요를 만끽하는 순간을 좋아한다. 숲에서 숲만 생각하는 순간을. 보통 점심을 먹는 장소는 계곡 옆인 경우가 많아서 고요의 친구처럼 물이 흐른다. 맑은 물이 노래하며 숲의 침묵을 나른다. 고요가 흐른다.

정상에 도달하기 위해 산을 오르는 건 어렵다. 등산을 좋아하는 사람은 점점 난도 높은 산을 선택한다. 어느 취미 활동에나 있는 단계다. 나는 아직 등산을 취미로 삼을 마음은 없어서 등산을 좋아하는 지인이 가끔 쉬운 산행을 선택할 때 따라가는 정도다. 설악산의 울산바위까지라든가, 평창 국민의 숲 숲길이라든가, 선자령 풍차길이라든가.

같이 산에 갈 때마다 산을 좋아하는, 그러니까 산 타는 걸 좋아하는 지인에게 왜 산을 좋아하냐고 물어보는데 들을 때마다 아, 하고 고개를 끄덕였다가도 어느새 답을 잊어버린다. 그러고 보니 궁금하다. 지인은 나에게 늘 같은 답을 했을까, 아니면 때마다 다른 답을 했을까.

올가을에 단풍놀이를 함께 갈 기회가 있다면 다시 물어볼 것이다. 왜 산을 좋아하세요? 왜 어려운 산을 더 좋아하세요? 설마 어려우니까 좋아하세요? 제가 같은 노래를 피아노로 칠 때 부러 어렵고 화려한 악보를 골라 치는 것과 같은 이치일까요? 어려울수록 더 흥미롭고 호승심이 생기는 것처럼요.

학생에게 이런 말을 들은 적이 있다. "선생님은 어려운 것만 좋아하시네요." 나는 조용히 웃을 수밖에 없었다. 내가 어려운 것을 좋아하게 되기까지의 숱한 날들에 대해서 말하자면 지루한 사람이 될 테니까.

쉬운 것들에 자주 중독됐다. 중독의 한가운데에서 하루는 물었다. 내가 이런 것들에 왜 중독되었지, 하고. 답은 쉽기 때문이었다. 쉬운 것에는 중독되기도 쉽다. 한동안 RPG 게임에, 드라마에, 술에, 음식에 중독이 되곤 했다. 어려운 쪽을 피해 자꾸 쉬운 쪽으로만 가는 것은 도망치는 방식 중 가장 흔하다.

중독에서 헤어 나오기 위해 나는 부러 삶을 어렵게 만들었다. 자연스레 몰입할 수 있을 때까지 견뎌야 하는 지루한 과정을 즐길 줄 아는 사람으로 거듭나야 했다. 오래 걸려 얻을 수 있는 이런 즐거움을, 마음을 기울여 늘 전력을 다하고야 마는 내 것으로 만들기는 쉽지 않았다. 우주에서 가장 느려도 상관없으니 놓지는 말자는 마음으로, 주위에 좋은 것들을 야금야금 배치했다. 그래야 정신이 없는 와중에 아무거나 집어도 좋은 것을 집게 될 테니까.

언젠가부터 '탁월함은 어떤 사건이 아니라 습성'이라는 말을 소중히 여긴다. (습관을) 지키는 게 힘들었지만 지키지 않는 게 힘들어질 때까지. 어려웠지만 어려운 줄 모르는 상태가 될 때까지. 소박한 방식이지만 내가 익힌, 삶에 끌려가지 않고 삶을 내 쪽으로 끌어오는 방식이다. 어쩌면 등산도 비슷하다. 산이라는 자연의 탁월함 앞에 그저 오르겠다는 인간의 습성을 내미는 것.

좋은데 어렵지 않은 것으로(정말 흔치 않다!) 산책을 빼놓을 수 없을 것이다. 집에서 한가로운 시간 보내기를 좋아하는 나에게 산책은 가끔 가장 어려운 일이기도 하다. 나가고 싶은데 조금 귀찮기도 하고 왠지 기분이 아리송할 때는…… 종종 산책 친구의 지혜로운 말을 떠올린다.

"나가야 할지 말아야 할지 고민될 때 정답은 늘, 나가는 거야!"

우주에서 가장 느린 속도로 걸어도 상관없으니까, 산책이란.

산책의 미분과 적분

매일매일의 산책을 모두 더하면 무엇이 될까. 산책을 아무리 더하고 더해도 여행이 되지는 않을 것이다. 매일매일의 삶을 모두 더하면 무엇이 될까. 매일을 아무리 더해도 인생이 되지는 않을 것이다. 매일매일의 삶이 고스란히 인생이 된다고 믿을 때도 있었다. 이제는 어쩐지 아닌 것 같아, 생각한다. 삶은 나날들의 총량보다 모자라거나 때로는 넘치는 것 같아, 생각한다. 그런데도 하루하루 성실히 임하려 노력한다. 하루하루를 넘지 않고서 삶을 사는 방법을 모르기 때문이다. 하루하루와 한 문장 한 문장의 힘을 믿으면서도 매일매일의 삶이 꼬박 인생이 되지 않는다고 믿게 된 이유는 무엇일까—이 문장을 무심결에 쓰고 문장과 일주일을 보냈다.

인생은 수학이 아니다. 수학이었으면 싶을 때도 있지만 그렇게 바랄 때 인생은 수학이 아니고 수학이 아니었으면 싶을 때 인생은 수학이다. 2+2=4로 정리되지 않는다. 이상하게도 총합 너머에 있거나 총합과 전혀 상관없이 인생은 합계를 비웃으며 비켜서 있다.

인생이란 오롯이 나만의 것이 아니기 때문일지도 모른다. 나의 인생은 나와 관계된 사람과 나누어 갖게 된다. 그리고 그만큼 나도 다른 사람의 인생을 나누어 갖는다. 아이러니한 점은 나와 관계된 사람이 얼마나 많은지 불분명하다는 것이다. 이래서는 나라는 함수의 미분도 적분도 불분명하게 된다. 역시 인생은 수학이 아니다……

인생의 시간을 누구와 얼마나 나눠 갖는지 그리고 그 시간들이 지금껏 나를 어떻게 이루었는지 일일이 따져볼 수 없는 것처럼 어쩌면 강릉이라는 도시도 스스로를 이런 식으로 바라보고 있을지 모르겠다. 자신을 나눠 갖는 사람들을 동물들을 식물들을 그리고 이 모든 것들이 공간을 어떻게 변화시키고 이루었는지를 낱낱이 셈할 수 없을 것이다. 그럼에도 산책이란 내가 한 도시를 나누어 갖는 과정에서 시작되는 행위가 아닐까. 그리고 저마다 다른 우리가 만나도 기분 좋은 접점을 가질 수 있는 방식 중 하나가 아닐까.

어느 날 산책을 하다가 앞으로 어떻게 흘러갈지 모르는 삶에 대해서 이야기한 적이 있다. "앞으로 제 삶이 어떻게 펼쳐질지 정말 모르겠어요. 이렇게 모르겠는 적은 지금껏 처음이에요." 불안하다는 단어를 결코 내뱉지는 않았지만 불안과 호기심이 뒤섞였을 내 눈을 들여다보며 산책 친구는 되물었다. 예의 상냥하고 총명해 보이는 눈을 빛내면서. "그래서 기대되죠? 삶을 예상할 수 없어서, 삶이 우리 상상 바깥으로 펼쳐진다는 게?"

나는 발길을 멈추지 않았지만 마음길은 잠깐 멈칫했던 것 같다. 어릴 적부터 좋아한 빨간 머리 앤도 비슷한 말을 한 적이 있다고 떠올리면서.

"하지만 생각대로 되지 않는다는 건 정말 멋지네요. 생각지도 못했던 일이 일어나는걸요."

도망치기로서의 산책

"성직자였던 그는 자연의 아름다움에 매료되어 신앙생활을 등한히 했다"라는 파스칼 키냐르의 소설 속 문장을 보는 순간 천천히 마음속에 넣고 녹였다. 녹여서 밀랍처럼 만들어 마음의 벽에 한 겹 발랐다.

파스칼 키냐르가 이 소설의 주인공으로 삼은 사제는 시미언 피즈 체니이다. 실존하였던 인물인데, 키냐르가 상상력으로 채워 넣은 그는 딸을 낳다 죽은 아내를 잊지 못한다. 아내는 세상 무엇보다 자신이 가꾸는 정원을 사랑했다. 시미언이 자연의 아름다움에 매료된 것은 어쩌면 아내가 사랑했던 것을 부단히 사랑함으로써 세상에 없는 아내를 사랑하는 행위의 연장이었을 것이다. 자연을 사랑하면서 아내를 잃은 슬픔을 애써 잊으려 했는지도 모르겠다. 그는 아내가 사랑한 정원에서 들리는 모든 소리를 악보에 적어 넣는다. 말하자면 그는 새소리를 기보한 최초의 사람이었다. 새소리뿐만이 아니었다. 반쯤 찬 양동이 위로 수도꼭지에서 물방울이 떨어지는 소리까지 음악으로 만들었다.

그가 정원의 온갖 소리를 채보하는 걸 읽고 있자니 인제 한계리로 이사를 한 뒤 얼마 지나지 않아 아침을 맞을 때 들리던 새소리가 꼭 모차르트의 꾸밈음 같아서 놀란 일이 생각났다. 최초의 꾸밈음은 아마도 새의 소리를 닮고자 생겼을 거라고 거의 확신하였던 어느 날 아침이.

시미언처럼 나는 도망치기의 달인이다.(나는 그가 자연으로 도망쳤다고 생각한다. 아내를 잃은 슬픔으로부터, 세상에 존재하는 아내를 사랑하기란 불가능하다는 사실로부터, 제정신을 차려야 한다고 늘 환기하는 직업의 과업으로부터.) 직면하기의 달인이라면 좋을 텐데, 도망을 치다가 이만하면 되었어, 하고 돌아와 뒤늦게 직면한다. 그동안 직면할 대상이 사라졌다면 좋을 텐데, 직면해야 하는 것은 여전히 직면해야만 하는 것으로 남아 있다. 그렇지만 어쩐지 표정은 한결 부드럽다. 이상하다. 현실 세계에서 사람을 한껏 기다리게 하면 화를 돋워서 상대의 표정을 바로 보기가 무서워지는데, 어떤 도망 후에는 직면해야 할 대상이 이제는 맞닥뜨릴 수 있을 정도로 수그러들어 있다. 직면 대상이 변한 게 아니라 내가 시간 속에서 변했기 때문일 것이다.

도망치기의 달인으로서 한 가지 요령을 알려주겠다. 도망칠 '좋은' 곳들을 만들어라. 내가 도망치는 곳은 주로 피아노, 넷플릭스, 그리고 산책이다. 술도 있었는데 최근에 없앴다. 적어도 나에게 술이란, 손쉽게 도망칠 수 있지만 도망친 곳에서 다시 도망쳐야 하는 역설을 지닌 도망처인 것 같다.

도망칠 곳을 여러 개 만들어야 하는 이유는, 지겨워서 도망쳤는데 도망친 곳에서 또 지겨워지기 때문이다. 지겨움과 정말 어울리지 않는 단어가 있다면 아마 산책일 것이다. 누군가 강제로 끌고 가는 산책이나 내가 강제로 누군가를 산책시켜야 할 상황이 아니고서야, 아, 산책 지겨워, 라는 말은 조금 이상하다. 넷플릭스나 한결같이 좋아해온 피아노도 지겨울 때가 있고 책도 가끔 지겹다. 내가 좋아하는 사람이나 늘 나의 힘이 되어주는 가족도 지겨울 때가 있는데 내가 나와 오롯이 하는 산책은 지겨울 때가 없었다. 산책이 지겹다는 생각이 혹시라도 들라치면 안 하면 그만이니까. 산책에 지겹다는 감정이 끼어들 틈이 없는 게 아니라, 지겹다는 기분이 끼어들 수 없을 정도로 산책은 느슨하다.

바깥 공기를 쐬어야 하니까, 저녁을 많이 먹었으니까 조금이라도 걸어야겠다며 소소한 당위가 산책 앞에 붙을 수도 있겠지만 우리를 붙드는 숱한 힘센 당위들에 비하면 이 얼마나 힘없고 귀여운 당위인지.

저녁을 많이 먹었으니 소화를 시킬까요, 하고 만난 동네 친구와 밤바다까지 산책하며 나눴던 대화가 떠오른다.

"그동안 너무 회피할 줄 모르고 정면으로 부딪히기만 했어요. 누구에게 기댈 줄도 모르고. 너무 독립적으로만…… 이제 누구에게 기대어도 된다는 낌새가 있다면 온전히 그래보려고요. 때론 도망치기도 하고." 동네 친구가 말했다. 나는 대답했다. "저는 그 반대예요. 너무 피하기만 하며 살아왔어요. 독립적이지도 못했고요……"

"요행이 떨어진 것 같아요. 지쳤어요. 제 인생에 요행이 좀 필요해요." 친구가 말했고, 우리는 말없이 걸었다. 요행처럼 큰 보름달의 그림자가 밤바다에 일렁이는 것을 보며.

야심 말고 텃밭심

일주일 중 산책하기 가장 좋은 요일은 어느 요일일까.

가끔은 일요일 늦은 아침에 일어나 라면을 끓여 먹는다. 진라면 순한맛의 봉지에 적힌 대로 물과 건더기 수프부터 넣은 다음 물이 끓으면 면과 분말수프를 함께 넣는다. 사 분이 되기 직전에 달걀 하나를 풀어 휘저은 다음 넉넉한 그릇에 담는다. 이 위에 노란 슬라이스 치즈 한 장이면 완벽한 일요일 아점이다. 면발을 후후 불어 먹으며 긴박함이라고는 찾아볼 수 없는 영화 한 편을 본다.

일요일답게 책을 읽으며 졸다 깨다 하다가 주섬주섬 옷을 꿰입고 남대천으로 산책을 다녀온다. 바다까지는 너무 머니까 적당히 트랙을 따라 걷다가 다시 돌아온다. 흐린 날이다. 흐린 날의 초록은 비밀스럽지도 찬란하지도 않다. 그럭저럭 푸른 흐린 날의 초록이다.

산책을 다녀온 후에는 장소를 바꿔서 책을 읽는다. 도서관에서 나는 자리를 여기저기 옮겨 가며 혹은 자세를 바꾸며 존다. 도서관이 문을 닫을 때쯤 나와서 도서관 근처에 사는 고양이와 우연히 만난다. 고양이는 내가 바른 핸드크림 냄새에 관심이 있다. 고양이와 눈을 마주치고 손바닥을 부딪고 돌아온다.

간단한 스트레칭을 한 후 잠들기 전에 피아노 연습을 기록해둔 동영상을 본다. 슈베르트의 즉흥곡 악보를 아무 데나 펼쳐서 쳐본 초견 연주이다. 나는 아직 곡을 장악하지 못한다. 악상조차 신경 쓸 겨를 없이 오직 음표만 곁눈질하여 친 앙상한 연주. 바람 소리 들으며 연주하니 음표들이 꼭 잎새 같았지.

일요일, 진라면 순한맛, 일요일의 영화, 남대천 산책, 고양이, 슈베르트 즉흥곡, 초견 연주 들에는 공통점이 있다. 이들에게는 나처럼 야심(野心)이 없다. 있다면 기껏해야 텃밭심 정도이다.

일주일 중 야심 말고 텃밭심을 부리기 가장 좋은 요일은 어느 요일일까.

텃밭심 말고 마당심

본래 야심이라고는 없는 편인데 최근엔 그나마 있던 야심
도 텃밭심, 마당심이 되어버린 것 같다. 나에게 야심이 있다
면…… 평생 글 쓰며 살길 바라는 마음 정도다. 가끔 이 야심
이 만든 우주가 얼마나 고요하고 차갑고 어두운지 생각하곤
한다. 우주 속에서 내가 가진 재능과 끈기는 또 얼마나 알량
한지 생각하곤 한다. 딱, 광활한 우주의 한 점 먼지 같은 별.

　　다음 날, 흔들리기가 특기인 나는 이런 생각을 한
다. 이렇게 빨리, 작은 것들에(큰 성취는 내버려둔 채), 만족
하고 살아도 괜찮은 걸까? 산책 친구에게 내 마음을 숨기지
않고 고스란히 물었더니 이런 대답이 돌아왔다. "삶이 얼마
나 짧은데요. 일찍 만족하고 행복을 느끼며 살아야죠." 친구
는 한 치의 망설임도 없었다. 망설임이 또 다른 특기인 나는
친구가 삶은 짧다, 그러므로 일찍 만족을 찾고 행복을 느껴

야 한다고 말하는 데 망설임이 없다는 사실에 깜짝깜짝 놀랐다.

바다와 남대천을 산책하고 온 겨울날이면 궁금해진다. 겨울새가 느끼는 물의 온도 같은 것. 겨울새가 아니고서는 절대 모를, 그런 것.

겨울새가 느끼는 물의 온도 같은 참값과 내가 상상하는 근삿값. 글을 쓸 때 둘 사이에서 헤매곤 한다. '이 오차에도 불구하고 써야 한다'와 '아니, 나는 참값만 쓸 거다'라며 불가능한 욕심을 내는 고집 사이에서 헤매곤 한다. 아이러니한 사실은 타인과의 관계에서 이 오차를 경험하지 못하는 인간이야말로 냉혹하고 고독한 인간일 것이란 사실이다. 무의식적으로 상상한 타인과 실제 타인과의 오차를 확인하는 과정이 없을 테니까. 이는 때론 실망일 수도 있고 슬픔일 수도 있고 기쁨일 수도 있고 놀라움일 수도 있지만 이런 오차를 경험하는 일이야말로 인간적인 일일 것이다. 그러니 타인과 만나야 한다, 그럼에도 불구하고. 타인을 상상하고 만나는 일처럼 느끼고 쓰는 일도 비슷하다. 그러니 상상해야 한다, 그리고 써야 한다. 그럼에도 불구하고.

솔직하게 쓰는 거야, 다짐하고는 돌아서서 두려워

진다. 솔직함으로부터 기대하는 게 있어서이다. 기대하지 않는다면 좋겠지만. 솔직함으로부터 기대할 게 있다면 솔직함뿐이야, 다시 한번 스스로 못 박는다. 솔직함끼리 솔직함을 주고받는 것, 이런 나눔이 일어난다는 게 거의 기적 같은 일임을 알고 있다.

이날은 별이 밝았다. 잔잔한 수면에 나무 그림자와 별 그림자가 비쳤다. 별이 수면에 비치는 건 정말 오랜만이었다. 아니, 처음 보는 것 같기도 했다. 서쪽에서 밝게 빛나는 두 별을 보며 걸었다. 슈베르트 피아노 소나타 18번 G장조를 들으며 우리는 약속이라도 한 것처럼 아무 말도 하지 않았다. 음악 속에서 침묵 속에서 별을 보고 걸었을 뿐이다. 어둠 속 나무들은 아름다웠다. 이따금 물고기들이 수면 위로 뛰어오르는 소리가 났다. 산책로가 환해지는 구간에 들어서며 자연스레 침묵이 깨어졌을 때, 생긋 웃으며 물었다. 서로에게.

울었어?

계절의 산책

매해 추석마다 날씨를 기민하게 느끼려 노력한다. 자연이
자신의 비밀을 발설하는 속도와 방식에 한껏 열려 있으려고
한다. 가을이 감을 이르게 여네, 구름이 비를 늦게 닫네, 올
해는 여름이 많이 남아 있네, 올해는 여름이 희미하네, 하는
식으로.

추석 즈음의 여름 우세와 가을 우세에 대해 매년 궁
금해하는 내가 느끼기에 올해는, 여름이 많이 남아 있다. 몇
알 붉어지고 있는 감(인제 한계리를 떠나 살 곳을 물색하던
때에 강릉에 도착해서 가로수 같은 감나무를 보고서, 강릉은
감릉인가, 생각했던 일이 떠오른다)과 인도에 떨어져서 뭉개
진 은행 열매와 낮 동안 입고 다닌 반소매 위로 겉옷을 챙겨
입어야 하는 저녁나절부터의 선선함만 아니라면 거의 가을
이 아닌 것 같다.

9월의 구름답지 않게 구름이 흩어지지 않더니 올해는 가을장마도 길었다. 어릴 때는 겪어보지 못한 기후 현상이다. 그래서 사람들에게 말하곤 했다. "어릴 때 제가 알던 지구는 이제 없어요." '사계절이 뚜렷한 기후'라고 사회 교과서에 쓰인 대로 외우곤 했고 이에 대해 의심 한 조각 없었는데 사계절을 어린 시절 마지막으로 경험한 세대가 되는 게 아닌가 싶기도 하다. 예전에는 확실히 계절에 날씨가 속해 있었다면 요즘은 날씨에 계절이 마지못해 어색하게 얹혀 있는 느낌.

계절이란 무엇일까. 계절이란 단어를 쓸 때 늘 설레어서 시에 많이 쓴다. 노래에도 이 단어가 나오면 괜스레 마음이 움직인다. 최현우 시인은 계절과 날씨는 우리가 살고 있지만 만질 수 없는 것이라고 말했다. 그 말을 떠올리며 인제 한계리에 살 때 계절에 관해 쓴 일기를 찾아 읽어보았다.

태풍 '고니'가 한반도 동쪽을 스쳐간 후, 볕이 달라졌다. 맨발에 닿는 거실 바닥의 감촉도 선득해졌다. 홈 웨어도 긴 것을 챙겨 입고 이불의 두께도 달리했다. 고양이도 모처럼 창가에서 볕을 즐긴다. 코끝에 닿는 공기는 차가워졌고 여름내

견뎌내야만 했던 볕이 아니라, 기꺼이 즐길 만한 가을볕이 되었다.

　　‘고니’가 한반도에 영향을 주는 동안 동네에는 이틀 동안 쉼 없이 비가 내렸다. 무섭게는 아니고, 얌전하지만 끈질기게 종일토록 내리는 비였다. 몇 개월 동안 잠식했던 여름을 기어코 쫓아내고 말겠다는 듯이. 이틀째 되는 날, 나는 이부자리에 그대로 누워 열린 창문으로 보이는 풍경을 잠자코 바라보았다. 가느다란 빗줄기가 뒤란의 두릅 잎사귀들을 연이어 두드렸다. 며칠 동안 두릅꽃들 사이를 분주히 오가던 벌들의 소리는 이제 들리지 않았다. 일어나 창가로 가서 살펴보니 가을이면 보랗고 까맣게 익어갈 열매들이 알알이 맺혀 있었다. 삼십 년이 넘도록 백 번이 넘도록 지켜보았는데, 계절의 변화란 참 경이롭다. 잊어버릴 만하면 선명해지고 선명했던 게 다시 흐려지고…… 〔2015년 8월 29일〕

계절을 촘촘히 느끼려면 정해진 시각에 정해진 행위를 하면 된다, 매일매일. 가령 오후 네 시에 늘 식탁에 앉아 글을 쓰거나 책을 읽는 습관을 가지면 햇빛이 어떻게 진해지고 옅어지는지 햇빛의 각도가 어떻게 점점 서쪽으로 치우치는지 느낄 수 있다. 쓰임으로 나를 훼손하지 않고 쓸모없음으로 나다움을 갈고닦기를 원하는 사람이 남서향 집에서 오후 네 시에 늘 식탁에 앉아 글을 쓰거나 책을 읽으며 계절을 감각하는 방식이었다.

정적이기보다 동적으로 계절의 흐름과 변화를 느끼고 싶다면 매일 산책하면 된다. 어린 시절 집에서 걸어서 삼십 분 정도 떨어진 고모네를 왔다 갔다 했는데 어느 날 돌아오는 길 남동생에게서 이런 말을 들었던 기억이 있다. 가을에서 겨울이 되어가던 때였다. 남동생이 행복한 표정을 지으며 돌연 말했다. "어제의 공기와 달리 오늘 공기에서는 초콜릿 맛이 나." 나는 동생의 평소답지 않은 표현에 놀랐지만 동생을 따라 행복한 표정으로 공기를 들이마시며 정말, 정말이다, 라고 답했다.(나중에 알았다. 동생은 당시 로알드 달의『찰리와 초콜릿 공장』에 한창 빠져 있었다는 것을.) 이때를 지금껏 남동생이 가장 사랑스러웠던 순간으로 기억하고 있다.

수면에 반사되는 빛줄기의 색과 농도의 변화, 잎에 떨어지는 빗방울의 굵기, 산 밑을 지날 때 미묘하게 달라지는 냄새(가령 5월의 산기슭을 지나갈 때 나는 냄새는 인간이

도저히 흉내 낼 수 없는 달콤함을 지녔다), 구름이 흩어지고 뭉치는 정도, 하늘의 명암, 싱그러움이 바스락거림으로 쾌활이 쇠약으로 희망이 소멸로 바뀌는 과정을 통과하는 산책. 자연이 준 적 없는 선물을 계속 받으며 하는 산책의 끝에서 달라진 나를 나에게 선물한다.

　달빛이 유난히 밝고 아름다운 날에 하평들-송정해변-안목해변-남대천을 돌아 집으로 오면서는 이런 생각에 잠긴다. 이 풍경으로 옷 한 벌 해 입으면 좋겠다고. 이런 생각을 일기로 쓰고 생각을 덮고 편안한 잠에 든다.

산책이라는 사치

가끔 사치의 상대적 가치에 대해 골몰한다. 어릴 때 큰돈이었던 천 원이 어른인 내게는 비교적 적은 돈이 된 것이다. 그래도 아직 만 원에 대해서는 이런 마음이 아닌데 내가 천 원을 여기는 마음으로 만 원을 대하는 사람이 있을 거고 십만 원을, 백만 원을 천 원처럼 여기는 사람도 있겠지, 하면서. 내게 사치인 일이 어떤 사람에게는 심상한 일이겠지, 하면서.

프랑스의 영성 깊은 철학자 시몬 베유는 사치에 대해서 이렇게 썼다. 사치는 어떤 종류의 사람에게는 아름다움 자체이며, 막연히 우주가 아름답다고 느끼게 하는 분위기를 형성한다고. 한편 사치에 대해서라면 가난한 이에게 더 특권이 있다고도 했다. 과연 그렇다. 가난한 사람이 부릴 수 있는 사치가 부유한 사람에 비해서 상대적으로 많다. 부족함이 없어서 거의 모든 것에 권태로운 감정을 느낄 사람과 달리 가난한 사람은 이보다 많은 것에 눈과 마음을 빛내며 다가갈 수 있다. 천 원을 큰돈이라고 느꼈던 어린 시절, 세상은 흥미와 재미와 모험으로 가득한 장난감 상자 혹은 만화경처럼 오묘하고 아름다웠다. 천 원을 더 이상 큰돈이라고 느끼지 않게 된 어른이 되어서는 어린 시절 같은 마음일 수 없다. 시몬 베유의 말처럼 가난할수록 이 우주가 아름답다고 느낄 가능성을 더 많이 누리는 것이다. 아이러니한 점은 가난한 사람에게는 사치에 마음을 낼 여유가 거의 없거나 부족하다는 사실이지만. 흔히 말하듯, 돈이 여유로울 때는 시간이 부족하고 시간이 여유로울 때는 돈이 부족하다. 그렇지만 후자의 경우야말로 세상의 아름다움을 느끼는 사치를 부릴 수 있는 적절한 시기라고 말하고 싶다. 이 적절한 시기에 매우 적절하게 부릴 수 있는 사치 중의 하나가 다름 아닌, 산책이라고도.

나는 나를 둘러싼 우주가 아름답다고 느끼고 싶어서 사치를 궁리하곤 한다. 우주가 아름답다고 느낄 때 더욱 온 마음을 다해 살고 싶다는 생각이 들기 때문이다. 아름다움은 아름다움 말고 다른 것은 주지 않는다. 아름다움은 아름다움만 준다. 모든 것에 목적이 있고 이 목적을 이루기 위한 수단이 짝처럼 존재하는 고루한 세계에서 아름다움은 아름다움 자체가 목적이며 수단인 합목적적인 개념이라고 생각한다. 더불어 시몬 베유가 말하는 아름다움도 내가 느끼고 싶은 아름다움도 단순히 추함의 반대에 있는 개념이 아니다. 오히려 추함까지 포함하는 포괄적인 아름다움이다. 어쩌면 내가 느끼고 싶은 아름다움은, 나를 둘러싼 우주가 의미 있어 보임에 가까운 뜻일 수도 있다. 되도록이면 우주가 아름답다고 느끼며 살고 싶다. 우주가 나에게 화답하듯이 단 한 번만 반짝여도 좋다. 나는 이 짧은 반짝임으로 하루를 일주일을 한 달을 일 년을 살 수 있다. 그런 바람이 나를 살게 한다. 나는 매 순간 마음을 다해 살고 싶다. 아무렇지 않게 살고 싶지 않다. 아무래도 좋아, 하며 살고 싶지 않다. 마음을 다하고 싶은 이유가 없다면 내가 살 이유는 사라진다.

산책은 어느 땐 일상의 사치가 될 수 있다. 많은 이들이 그렇듯 일하는 데 하루의 시간 대부분을 써야 하는 시간 가난자라면 시간을 부러 내서 하는 산책은 사치다. 외면적으로도 그렇고 내면적으로도 그렇다. 시간의 사치로서 그리고 세상의 아름다움을 느낄 수 있는 수단으로서 사치.

우주의 아름다움에 마음을 열고 이쪽으로 마음만

내면 얼마든지 이 사치를 누릴 수 있으니, 이러한 사치를 마다하지 말자고 나는 나에게 속삭이곤 한다. 이러한 사치를 잊어버리거나 잃어버릴 정도로 강팍하게 살지는 말자고도 속삭인다. 이런 사치의 파편들이 모이고 모여서 어느덧 귀여운 먼지 폭탄처럼 폭발해 잔잔하지만 찬란한 빛가루들을 내 안에 퍼트릴 것을 알고 있기에. 산책이라는 행위는 내게 우연히 속할 뿐이지만 그로 인해 나는 필연적으로 나 자신이 될 것임을 알기에.

터널 수집가

터널을 통과하는 일을 좋아한다. 어둠과 빛이 서로 겨루며 전속력으로 달리는 것만 같은 터널을. 들어가고 나올 때 한기와 온기가 묘하게 교차하는 순간을.

한계리에 살았을 때도 인제에서 속초로 넘어가는 미시령터널을 좋아했다. 이 긴 터널을 지나기만 하면 왼편으로 펼쳐지는 설악산 울산바위의 웅장한 풍경을 볼 수 있다는 게 인생의 완벽한 은유처럼 느껴졌다.

터널을 지나면…… 어둠이 있어서 빛을 생각하게 된다. 세상의 빛. 빛이 된다는 것. 서로에게 빛이 되어주는 것. 누군가 내게 빛이 되었던 순간들. 어떤 장면 자체가 이미 빛이었던 순간들, 크리스마스트리의 주홍색 알전구라든가, 한밤중에 깨어 마주친 어두운 거실에서 숫자 따위를 밝히는 가전제품의 사소한 빛까지도. 그런데 내가 누군가에게 빛이 되었던 순간도 있었을까……

　　　어릴 때 광주에서 할머니 집이 있던 고흥으로 가는 국도에는 터널이 제법 있었는데 이 터널들을 지날 때마다 남동생과 숨을 참는 놀이를 하곤 했다. 남도의 국도에 있는 터널은 하나같이 그리 길지 않아서 숨을 참는 게 어렵지 않았다. 그렇지만 3,520미터 길이의 미시령터널을 지나면서는 온전히 숨을 참을 수 있을까. 한계리에 살면서 이 터널을 여러 번 지났는데 숨 참는 놀이를 한 번도 해보지 않았다는 게 이상하다. (아니, 이상하지 않다. 나는 어른이 된 것이다.)

　　　어릴 때 숨을 참는 것에 대한 보상은 없었다. 그저 하나의 놀이였다. 하나의 터널을 완전히 지나는 동안 숨을 참으면 소원 하나가 이루어진다는 말도 있던데 남동생과 여기까지 의미를 두지 않았던 건 우리가 늘 지나는 터널들은 짧아서 보상을 걸고 도전할 만한 일이 아니어서였을 것이다. 요만큼도 힘들지 않는데 저만큼 손에 닿지 않는 어려운 걸 바라는 행동이 이치에 맞지 않거나 염치가 없다는 것쯤은 어린 나와 남동생도 알고 있었던 걸까. 어린 나에게 뒤늦게 기특하네, 작은 속삭임을 건넨다. 어른이 되면 염치고 뭐고 희미해져서 어느 때 나는 이 신뢰할 수 없는 세상에서 믿을 수 없는 일이 일어나기를 바라는데.

강릉의 월화거리를 지나고 남대천을 지나 주택가를 걷다보면 나오는 노암터널은 혼자 간 적이 없고 늘 내가 좋아하는 사람들과 가는 행운의 터널이다. 이 문장을 쓰고 나서 나는 노암터널에 함께 밤 산책 갔던 사람들의 얼굴과 내가 특히 좋아하는 장면들을 떠올리느라 한 시간을 보냈다.

최근에 함께 산책한 이는 노암터널로 이르는 길이 힘든 시기를 떠올리게 하지만 어쩐지 그리울 때가 있다고 했다. 한번 꼭 와야지 싶었다가 불쑥 생각날 때 마침 오게 되어서 속이 시원하다고 말하는 표정은 밝아 보였다. 이렇게 말하는 상대의 속을 나는 결코 알 수 없다. 상대의 겉모습을 보면서 짐작할 뿐이다. 겉은 시원해 보이지만 속은 뜨거웠겠지. 겉은 단순해 보이지만 속은 복잡했겠지.

삶이 어려울 때도 나의 몫을 다한다는 긍지가 늘 있다면 좋을 테지만 긍지를 빛낼 수 없을 때도 삶이 완전히 빛을 잃는 건 아니라고 이야기해주고 싶었다. 나로선 속속들이 알 수 없지만 힘든 시기를 지나온 산책 친구의 그 길을 더듬어보고 싶었다. 누군가를 진지하게 좋아하는 시작은 언제나 이런 거였다. 지금의 내가 볼 수 없었던 힘든 시기에 얼마나 버거웠을까 안타까워하며 내가 곁에 없었던 시간까지 탐을 내는 것. 사랑은 이런 식으로도 시간과 견주는 건가보다.

지금은 빛 속에 있어도 한 사람을 이해하기 위해서는 어둠을 짚어나가는 시간이 필요할지도 모른다. 한 사람이 벗어놓은 과거의 허물을 터널처럼 통과하고 싶어서 어느 밤 산책은 부러 어둠을 찾아간다. 지금의 빛을 이해하기 위해. 빛이 삼킨 예전의 그림자를 간직하기 위해. 삶의 은유와 실재를 만나게 하기 위해.

그런 날의 밤 산책 경로에는 터널을 넣는다. 아이러니하게도, 조명이 촘촘한 밤의 터널은 터널 밖보다 오히려 환하지만.

손

1

나는 수지의 오른쪽 눈에 얼굴을 바짝 붙였다. 수지가 아랫눈시울을 밑으로 잡아당기자, 보고 싶지 않았던 것이 보였다. 눈꺼풀테 안에 빨간 실지렁이 같은 실핏줄이 모여 있었다. 생선 아가미 속을 들여다보는 것 같았다. 나는 아무것도 없다고 말했다. 수지는 여전히 눈에 모래알이 굴러다니는 것 같다고 했다. 눈이 꽤 충혈된 것은 확실했으므로 우리는 병원에 가기로 했다. 수지는 이게 감염성 눈병이면 어떻게 하냐고 걱정했다. 대중교통 수단을 이용하면 안 된다고 말했다. 내 차는 수리 중이었다. 우리는 걸었다. 가까운 곳에 가정의학과 병원을 알고 있었다. 나는 풀이 죽은 수지에게 걱정 말라고, 아마 안구건조증일 거라고 말했다. 수지는 이런저런 이유를 열거하기가 멋쩍을 만큼 자주 아프다. 나도 아프니까 우리는 딱히 그런 것을 문제 삼지 않는다. 우리는 서로를 보살펴준다.

2층은 태권도 학원, 3층은 산부인과 병원, 4층이 가정의학과 병원, 1층은 역시 약국이라고 알려주는 건물의 층별 안내도를 눈으로 훑으며 수지는 내게 몸을 기댔다. 누가 보면 임신한 여자 친구를 데리고 산부인과라도 간다고 생각할 거였다. 몸을 기대기 전에 수지는 허공에 손을 몇 번 허우적거렸지만 이내 포기했다. 나는 누군가와 손을 잡기가 힘들다. 수지와조차. 언젠가 수지가 헛발질해서 넘어졌을 때도 나는 수지 손을 잡아주지 못했다. 그때도 수지는 나를 책망하지 않았다. 수지는 기다리고 기다리고 기다리고 기다려준다.

우리는 4층에 도착했다. 어깨를 약간 움츠린 채 접수원에게 주민등록번호를 말하는 모습을 보니 수지가 어째서 내 여자 친구인지 알 것만 같은 기분이 들었다. 평일 늦은 오후, 병원 대기실의 풍경은 평화로웠다. 소파에 앉아 있는 환자들은 위중해 보이지 않았다. 블라인드를 통해 여과된 햇빛만이 창백하였다.

수지의 이름이 호명되었다.

"함께 들어갈까?"

내가 묻자 수지는 고개를 저었다.

"누가 환자인지 의사 선생님이 헷갈릴 것 같아."

수지가 진료실에 들어간 사이 나는 병원에 비치된 잡지들을 들춰보는 척하며 대기실을 둘러보았다. 벽을 따라 ㄷ자로 놓인 회색 가죽 소파에는 미취학 아동과 보호자가 세트처럼 나란히 곳곳에 앉아 있었다. 맞은편 소파에 앉은 여자가 옆자리 여자에게 어린이집에 유행성 감기가 돌았다고 말했다. 옆자리 여자가 덕분에 하루 스케줄이 꼬였지 뭐예요, 라며 맞장구쳤다. 하루 스케줄이 꼬인 여자가 벽걸이 TV에 정신을 빼앗긴 딸의 어깨에 팔을 올리며 말했다. "TV 소리가 작아야 아이들의 집중력이 좋아진대요. 집에서도 볼륨을 작게 해놓아요. 일상 하나하나가 다 훈련의 일부죠."

얼마 지나지 않아 수지가 눈 밑에 분홍색 종이를 붙인 채로 진료실을 나왔다. 가느다랗게 자른 포스트잇 같은 종이는 리트머스지였다. 수지가 말했다.

"오 분간 이러고 있어야 해. 종이를 적시는 정도를 봐야 한대."

눈 밑에 분홍색 가짜 눈물을 붙인 듯한 수지의 모습이 웃겨서 나는 키득거렸다. 수지가 내 뒷머리를 때리자 TV를 보던 여자아이가 눈을 동그랗게 뜨고 나를 쳐다보았다.

"안구건조증이래."

진료실에 다시 들어갔다 나온 수지가 말했다. 나는 내 말이 맞았잖아, 하는 표정을 지어 보였다.

"그런데 내가 고양이 알레르기 때문에 먹는 항히스타민제 때문일 수도 있대."

수지의 말에 나는 어깨를 으쓱하며 언제고 고양이가 문제를 일으킬 줄 알았다는 표정을 지어 보였다.

2

찰캉. 납작한 캔 뚜껑이 열리자 고양이는 좋아서 어쩔 줄 몰랐다. 가르릉가르릉. 고양이의 목 울림 소리가 희미하게 공기를 진동시키고 거기에 비릿한 냄새가 섞였다. 참치 슬라이스를 먹는 고양이를 수지는 바라만 보았다. 나도 쓰다듬지 않았다. 수지 엄마가 팔짱을 끼고 베란다의 우리를 보고 있다가 내 시선을 눈치채자마자 팔짱을 풀었다. 수지 엄마는 거실 창문을 조금 열더니 고개만 삐죽 내밀고서 나에게 저녁을 먹고 갈 거냐고 물었다. 나는 수지와 전혀 다르게 생긴 수지 엄마를 쳐다보며 답했다.

"그럴까요. 어차피 집에 가면 혼자 먹을 테니까요."

이번 주만 해도 벌써 사흘째 수지 집에서 저녁을 먹는 거였다. 수지 엄마가 언젠가부터 나를 '원 플러스 원'이라는 별칭으로 부르는 것도 무리는 아니었다. 수지 엄마 눈에 우리가 어떻게 비칠까. 명색이 재수생이라지만 공부엔 그다지 관심 없고 대학 입학이란 관문을 남들처럼 심각하게 받아들이지도 않는 우리가.

어제는 납작한 무를 넣고 바특하게 조린 갈치조림이었는데 오늘은 도루묵찌개였다. 생선을 좋아하는 수지 때문이었다. 수지 엄마는 비린내를 싫어하면서도 딸을 위해 철따라 생선을 손질해서 냉장고에 차곡차곡 넣어두는가 하면 제철에 가장 맛있는 재료 위주로 장을 보고 상 위에 올렸다.

내 접시에 도루묵 한 마리를 덜고 그 위에 국물을 끼얹어주며 수지 엄마가 말했다.

"도루묵은 알이 별미지."

나는 젓가락으로 도루묵의 배를 가른 다음 노르스
름하게 익은 알을 먹었다. 알들이 톡톡 터지며 고소한 즙이
나왔다. 수지도 옆에서 엄마가 건넨 도루묵 알을 자늑자늑
씹었다. 수지가 먹는 알은 연두색이었다. 수지 엄마가 더 상
냥한 목소리로 말했다.

“도루묵 알 색깔은 어미가 먹는 먹이원에 따라 달라
진단다.”

“이 도루묵은 해초를 많이 먹었나봐.”

수지가 고개를 끄덕였다.

“맛있어요.”

나는 도루묵 알을 처음 먹어보는 사람처럼 말했다.
수지 엄마가 환한 웃음을 지었다. 그러나 고양이를 데려갈
사람이 나타났냐고 물을 때에는 다시 걱정스러운 표정으로
돌아가 있었다. 고양이를 맡은 지 벌써 세 달째였다.

고양이는, 언제나 그랬듯이, 수지가 데려온 동물 중
하나였다. 첫날 고양이의 모습은 전혀 귀엽지 않았다. 양쪽
귀의 절반이 떨어져 나갔고 다리를 절룩거렸으며 눈에는 눈
곱이 까맣게 말라 있어 불결해 보였다. 접힌 귀와 납작한 얼
굴이 인상적인 스코틀랜드폴드처럼 이 고양이의 귀도 접히

길 원해서 고양이를 키우던 사람이 오랜 기간 고무줄로 묶어놓았다고 했다. 고양이를 구조한 사람이 다양한 방식으로 동물을 학대하는 사람들에게 이골이 났다는 듯 사연을 전해주었다. 살점이 떨어져 나간 뒤 아물지 않은 채로 나달나달해진 고양이의 귀. 수의사는 그 귀를 일별하고 미간을 찌푸렸다. 수지는 아무 말도 하지 않고 처치가 끝난 고양이를 물끄러미 바라보며 눈물만 떨어뜨렸다. 나는 손을 뻗어 수지의 눈물을 닦아주었다. 내 여자 친구는 울보다. 분노할 때도 눈물이 먼저 나온다. 세상엔 이렇게 울 일이 많구나. 가끔은 거꾸로 생각해보게 된다. 어느 땐 내가 울어야 하는 것까지 대신해 울어준다는 느낌이다.

고양이를 데려와 동물병원에서 치료를 받게 하며 보살피고 있지만 수지 집에서 계속 키우는 것은 불가능했다. 수지의 집은 임시 보호처일 뿐이었다. 입양 조건에 맞는 사람이 나타나면 분양을 하는 게 수지의 일이었다. 이 고양이 이전에 여러 마리의 고양이가 그러했다. 여러 마리의 고양이만 그랬나, 여러 마리의 개가 그러했고, 여러 마리, 아니 상자째로 데려온 병아리들이 그러했다. 우리가 처음 만났던 해의 봄을 기억한다. 우리는 중학생이었다. 수지가 인근의 초등학교 정문 앞에서 병아리를 산다고 했을 때 나는 지갑에서 돈을 꺼내주었다. 내 쪽이 훨씬 용돈을 넉넉히 받는 편이었으니까. 동물들을 보살피는 수지가 좋았으니까. 그때 수지는 보살필 존재가 있어야 비로소 자신도 보살필 것 같았다.

수지 엄마는 동물이라면 질색을 하지만 어쩔 수 없었다. 수지 엄마는 동물 털로 인한 알레르기가 있다. 수지는 고양이에만 알레르기가 있다. 나의 착각일 수 있지만, 고양이를 맡을 때면 수지와 같은 종류의 약을 먹고 같은 방식으로 주의를 기울이며 수지 엄마가 기꺼워한다는 느낌을 받는다. 나는 병원 대기실에서 TV를 보던 딸과 그 옆에 앉은 엄마의 얼굴을 떠올려보았다. 전체적으로 동글동글한 인상을 주는 얼굴형과 가느다란 눈매는 엄마에서 딸로 복사해서 붙여넣기라도 한 듯 닮아 있었다. 수지 엄마도 수지와 나란히 앉아 있을 때 남들에게 그렇게 보이길 원할지도 모른다.

안은 밝고 밖엔 어둠이 내려 흐린 거울 같아진 창문에 어렴풋하게 우리의 모습이 비쳤다. 식탁 위 기다란 종 모양을 한 세 개의 조명등 아래 모인 우리 셋의 모습은, 비록 흐릿한 환영일 뿐이래도 단란한 가족 같아 보였다. 고양이는 베란다의 케이지 안에 잠자코 웅크려 있을 거였다. 정작 고양이는 잘 보이지도 않는데 나는 마치 빤히 보인다는 듯이 말했다.

"아주머니. 쟤를 보세요. 누가 데려가려 하겠어요?"

수지 엄마는 고양이 쪽을 쳐다보지도 않고 고양이가 이제껏 수지가 데려온 고양이 중에 최악이라는 것을 조용하게 인정했다. 수지는 말이 없었다. 수지의 얼굴은 말갛고 깨끗했다. 십오 년 전에도 그랬을 거였다. 식사가 끝나자 수지 엄마는 우리가 식사하기 전에도 그랬듯이 주님, 이라고 시작하는 감사의 기도를 올렸다. 두 손바닥을 포개는 기도의 자세는 어디까지나 나의 두 손을 겹칠 따름인데도 늘 어색함이 느껴졌다.

수지 엄마가 식탁을 치우며 무심함을 가장한 말투로 어제도 병원에 잘 다녀왔느냐고 물어보았다.

"그렇죠, 뭐."

나는 어깨를 으쓱하며 대답했다.

3

나는 초등학교에 입학하기 전부터 정신과 치료를 받아왔다.

내가 일곱 살 되던 해, 봄이었다. 나는 선생 몰래 유치원을 나왔다. 옷을 입은 채로 오줌을 쌌기 때문이었다. 유치원과 집은 걸어서 오 분 거리였다. 집은 비어 있을 거였다. 엄마가 병원에 가는 날이었다. 엄마는 말기 암 환자였다. 정기적으로 병원을 왔다 갔다 하며 치료를 받았고 집에 있을 때 대부분은 기력이 없어 침대에 누워 지냈다. 나는 아픈 사람에게서 나는 특유의 고릿하고도 달짝지근한 냄새를 맡으며 엄마 옆에 눕는 게 좋았다. 그 냄새가 나쁜지도 몰랐다. 내게는 그게 엄마 냄새였다. 엄마가 가끔 나를 꼭 안아줄 때면 엄마가 더 힘을 주어서 안아주었으면 좋겠다고 생각했다. 엄마는 나를 품에 안고 동화책을 읽어주었다. 자전거를 잃어버린 소녀, 늪에 사는 흉측한 괴물, 우체부가 된 고양이에 대한 이야기들이 아직도 생생하다. 동화를 읽는 엄마의 목소리는 단조롭고 평온했다. 몹시 피곤한 날이면 엄마는 그저 나를 품에 안고서 엄마가 즐겨 듣는 바로크 음악을 들려주었다. 규칙적인 선율을 따라가다보면 나는 금세 잠이 들어버렸다.

　　집에 도착하니 예상대로 간병인 아주머니가 보이지 않았다. 나는 유아용 팬티스타킹과 반바지 원복을 벗어 던졌다. 오줌으로 젖은 타이츠가 잘 벗겨지지 않아서 마구잡이로 벗다가 넘어졌다. 기분이 더 나빠졌다. 나는 아랫도리를 모두 벗어 던진 채로 2층으로 향하는 계단을 올라갔다. 내 방은 부모님 침실을 지나 가장 안쪽에 있었다. 부모님 침실을 지날 때, 피아노 소리가 들렸다. 잘못 들은 줄 알았지만 엄마가 늘 듣는 피아노 곡이었다. 규칙적인 선율을 따라가다보면 금세 잠이 들어버리는 그 곡. 나는 홀린 듯이 침실 안으로 들어갔다. 커튼이 드리워져 침실은 어두웠다. 그 어둠 속에 엄마가 누워 있었다.

　　"엄마?"

　　나는 침대로 다가갔다. 엄마는 간신히 눈을 떴다. 엄마의 얼굴은 수명이 다한 백열전구처럼 불투명했다. 엄마가 손을 뻗어 나를 잡으려 했지만 나는 피했다. 엄마의 손이 아니라 유령의 손 같았다. 늘 피곤해 보이는 엄마였지만 그땐 정말 형체도 없이 사라질 연기처럼 희미해 보였다. 아랫도리를 벗고 있어서 혼날까봐 무섭기도 했다.

"엄마, 아파?"

엄마가 고개를 저었다. 온 힘을 다하는 것 같았다.

"그럼, 잠 와?"

엄마는 고개를 끄덕였다. 엄마의 눈꺼풀이 닫혔다. 그 닫힘이 완고했다. 나도 낮잠이 쏟아지면 눈꺼풀이 별안간 무거워질 때가 있었다. 보이지 않는 어떤 손이 내 윗눈꺼풀을 상자의 뚜껑처럼 닫고 나를 잠그는 것 같았다. 나는 나를 잠근 열쇠를 찾느라고 애를 쓰는 악몽을 꾸곤 했다.

나는 긴바지 원복으로 갈아입고 집을 나왔다. 속옷은 찾을 수 없어서 입지 않은 채였다. 거기가 바지 솔기에 닿을 때마다 쓰라렸다. 눈썰미 나쁜 유치원 선생은 내 원복이 바뀐 것을 알아차리지 못했다. 한 아이가 선생에게 이르려고 했지만 내가 주먹을 쥐고 눈을 부라리자 딴 곳만 쳐다보았다. 유치원 수업이 끝나기가 무섭게 아버지가 나를 데리러 왔다.

나는 때때로 그날을 생각한다. 젖은 타이츠를 벗다가 꽈당, 넘어졌던 감각과 엄마가 내 눈앞에서 잠들어버린 것. 나는 평소와 달리 엄마 옆에 누워 잠들고 싶지 않았다. 왜 그런 기분이 들었을까. 왜 나는 엄마의 손을 잡아주지 못했을까. 내가 끔찍한 배역을 맡고 있다는 예감 때문이었을까…… 나는 우연히 엄마의 임종을 본 거였다. 엄마는 아버지가 일찍 오기로 했다는 거짓말로 간병인 아주머니를 돌려보냈다고 했다. 엄마가 그날 왜 병원을 가지 않았는지에 대해서는 아버지와 고모와 할머니의 말이 조금씩 달랐다. 엄마가 수면제를 과다 복용한 것 같다는 말도 얼핏 들었다. 할머니는 무심코 입을 열었다가 뒤늦게 나를 보고는 입을 다물었다.

장례식을 치른 뒤 나는 할머니 집에서 지냈다. 한동안 나는 입을 열지 않았다. 다만 입이 아닌 다른 것, 입에 비교하면 아주 미세한 구멍이 열려서 자주 오줌을 쏟는 바람에 모두를, 특히 결벽증 있는 고모를 경악하게 만들었다. 나는 신경정신과 치료를 받아야 했다. 매일 밤 고모의 반려견 메리가 쓰는 배변 시트 같은 것을 깔지 않고는 침대로 가지 못했다. 아버지는 대체로 허공을 떠다녔다. 비유로도 실제로도 그랬다. 비행기를 타야 하는 출장이 잦았다. 마치 하늘에 집이 있는 사람 같았다.

4

고양이의 입양자가 나타났다. 뜻밖에도 수지 엄마가 연결해주었다. 수지가 자란 보육원에서 아이들을 지도했던 선생이었다. 수지 엄마는 수지를 입양한 후로 그녀와 계속 연락해왔다고 했다.

"그동안 나한테 말도 안 하고."

수지가 입을 삐죽였다.

"네가 너무 어릴 때니까 기억을 못 할 것 같아서……"

수지 엄마가 조금 난처한 낯빛을 띠고 수지를 달랬다.

"내가 기억하지 못한다고 해도 선생님은 날 기억할 거잖아."

나는 잠자코 옆에서 수지와 수지 엄마의 실랑이를 들었다. 수지는 보육원에 있었다는 사실을 부끄럽게 여기지 않는다. 누군가 자신을 버렸다는 사실보다 오 년 동안 다른 누군가 자신을 돌보아주었다는 사실에 감사한다. 여러 아이에게 균등히 돌아갈 수밖에 없는 그 돌봄이 과연 수지에게 충분한 것이었을까, 하고 의문을 품는 사람은 되레 나다. 수지는 보육원 철문 앞에 버려진 아기였기 때문에 정확한 생년월일을 알 수 없다. 보육원에서는 달별로 그룹을 짜서 생일 파티를 치렀다. 수지는 보육원에서의 생일 파티 사진을 한 장 갖고 있다. 엄마 몰래 내게 보여준 적도 있다. 다들 동자승 같아. 나는 헤어스타일이 한결같은 남자애들을 가리키며 말했다.

속초의 보육원은 다른 단체로 흡수되어 없어졌지만 선생은 여전히 속초 시내에서 유치원을 운영하고 있다고 했다. 속초는, 내가 면허를 딴 뒤 수지와 가장 멀리 떠나본 여행지였다. 그 후로도 몇 번 더 갔다. 수지는 속초를 좋아했다. 미시령터널을 지나 설악산 울산바위가 오른편에 보이기 시작하면 수지는 항상 차 지붕을 접어달라고 말했다.

"너희가 속초로 자주 놀러 가니까, 내가 연락해본 거란다. 괜찮지? 그 선생님이면 고양이를 안심하고 맡길 수 있겠지?"

엄마의 말에 수지는 고개를 끄덕였다. 이럴 때 수지 엄마 앞의 우리는 영락없이 앳된 남매 같다. 수지 엄마는 그저 우리가 아프지 않기를 바란다고 입버릇처럼 말한다. 늘

기도한다고.

　　며칠 지나지 않아 우리는 속초로 떠났다. 미시령터 널을 지나자 수지는 차 지붕을 열어달라고 했다. 이렇게 차 가운 계절에 여는 건 처음이었다. 초겨울의 매서운 바람이 우리 사이로 지나갔다. 귀가 베일 것 같았다. 나무들은 더 앙상해질 준비를 하고 있었다. 여름이면 짙은 초록색 융단을 간 듯한 나무들의 우듬지가 내려다보였는데…… 어쩐지 뛰어들고 싶은 녹색이었지, 나는 중얼거렸다. 누군가 그 아래로 뛰어내리지 않는 것이 오히려 이상하게 여겨질 정도였다.

　　어린 시절 우리 가족이 때때로 휴가를 보낸 별장이 있는 시골에도 그런 녹색이 있었다. 이제 더는 사람들이 모이지 않는 오래된 빨래터의 녹색. 내가 열 살 때였다. 테두리에 시멘트를 발라 마감한 회색빛 수조에 물이 고여 있었다. 수면 위는 개구리밥 같은 수생식물로 빼곡했다. 그 아래 물이 차 있다는 사실을 믿기 힘들 만큼 빈틈없이 점령해서 위에서 보기에는 보드라운 풀밭 같았다. 초록색 이불을 덧씌우고 주름 하나 없이 정리한 침대처럼 보이기도 했다. 바람 한 점 불지 않았다. 사방이 고요했다. 이런 침대 위에 누우면 잠이 솔솔 올 것 같았다.

사촌 형이 지나가다 나를 발견하고 얼굴이 새파래져서 가족을 불렀다고 했다. 가까스로 눈을 다시 떴을 때 비현실적으로 파란 하늘이 눈에 들어왔다. 쏴아. 수압 높은 샤워기를 최고조로 튼 것 같은 매미 소리에 맞춰 햇빛이 쏟아졌다. 물비린내가 진동하는 가운데 할머니와 고모, 고모부, 사촌 형의 얼굴이 보였다. 틀린 얼굴들이었다. 나는 올바른 장소에 있지 않았다. "넌 수영을 할 수 있잖아. 지난여름에도 나와 같이 수영장에 간 적이 있잖아. 왜 수영을 하지 않았어?" 나중에 사촌 형이 물었지만 나는 쉽사리 답을 할 수 없었다. 수영하고 싶지 않았다고 말하면 사촌 형의 얼굴이 또 새파래지겠지, 하는 생각만 했다.

선생이 운영한다는 유치원은 관광객들로 붐비는 시장과 멀지 않은 곳에 있었다. 휴일이라 사람이 많았다. 명동 거리를 돌아다니면 몇 초마다 마주치는 명품 가방처럼 시장에서 나오는 관광객들 손에는 같은 가게의 닭강정 상자가 들려 있었다.

"저기 보이네. 나무와 꽃이 자라는 유치원."

좌회전 신호를 기다리는 동안 행인들에 정신이 팔린 내게 수지가 말했다. 줄곧 내비게이션에 집중하고 있던 수지가 대각선 맞은편의 2층 건물을 가리켰다. 건물 외벽에는 벽화가 그려 있었다. 진입하면서 자세히 보니 푸르거나 단풍이 든 나무 아래 아이들이 천진한 모습으로 뛰노는 벽화였다. 아이들의 주위로 철 따라 달리 피는 꽃들이 즐비했다. 벽화는 주변의 모든 꿈을 끌어들이기라도 한 것처럼 난만했다. 우리는 건물 앞의 공터로 들어섰다.

"아마도 얘가 나무고 얘가 꽃일걸. 엄마한테 들었어."

낯선 사람들을 보자 앞다투어 짖는 강아지 두 마리를 가리키며 수지가 말했다. 꽤 날카롭게 짖으면서도 꼬리를 흔드는 모습에 픽, 웃음이 나왔다. 낯선 사람을 위협하는지 반가워하는지 혼란스러운 신호였다. 한 마리는 온통 하얗고 한 마리는 온통 까만 개였다.

5

"이름을 뭐라고 지을까? 나무와 꽃 말고 자라는 게 또 뭐가 있을까?"

선생이 물었다. 자라는 건 많다. 세상에는 자라서 늙고 시들어 죽는 것 천지다. 나는 선생의 얼굴을 쳐다보았다. 어떻게 보면 수지와 닮은 것도 같았다. 말갛고 깨끗하지만 주름이 많은 얼굴이었다.

내가 답했다.

"귀, 어때요."

"귀?"

"쟤 귀는 반이 잘려 나갔고 이제 자라지 않을 거예요."

수지가 내 뒷머리를 쳤다. 수지가 말했다.

"그러니까 얘 말은요, 선생님. 고양이의 귀가 자라서 원래대로 뾰족해지면 좋겠다는 말이에요."

선생은 우리 둘을 재밌다는 듯이 바라보았다.

"귀? 좋은데. 귀, 이리 와보렴."

선생은 개의치 않았고, 고양이도 이동 케이지 안에서 움직이지 않았다. 고양이는 수지만 따랐다. 수지가 말했다.

"고양아. 이리 나와."

수지는 데려온 동물에게 이름을 지어준 적이 없다.

고양이는 고양이, 개는 개, 병아리는 병아리. 하지만 동물들은 그게 자신을 부르는 이름인 줄 알았다. 고양이가 한껏 느른한 몸짓으로 케이지에서 나왔다. 나는 선생이 수지처럼 고양이를 못 만지는지 궁금했다. 선생이 말했다.

“네 이름은 이제부터 귀야, 귀. 귀중하다는 ‘귀’라고 하자.”

선생은 두려움 없이 고양이를 안았다. 선생의 품을 벗어나려 버둥거리는 고양이를 안고 또다시 안으며 선생은 수지에게 물었다.

“소금을 먹는 버릇은 없어졌지?”

“네?”

“네가 입양되어 가기 전에 식당에서 소금 통을 가져다 한 숟갈씩 먹는 버릇이 있었어. 곤란했지. 우리가 몇 번을 다시 식당으로 가져다 놓았어. 마지막에는 소금 통만 따로 사물함에 넣어서 자물쇠를 채웠어.”

수지는 기억나지 않지만 엄마에게 들은 적이 있다고 했다. 소금과 눈은 비슷하잖아요, 라고도 말했다. 12월의 마지막 날, 수지는 보육원 문 앞에 버려졌다. 그러므로 12월의 끝은 수지 생일이다. 눈이 오는 날 펑펑 울고 있었을 아기를 상상해본다. 눈물과 눈이 섞여 아기의 입속으로 흘러들어 갔을 짠맛을. 그 맛이야말로 수지가 처음으로 감각하였던 눈의 맛일 거였다. 올해의 끝에도 수지의 엄마가 정성껏 상을 차리면 나와 수지, 수지의 엄마는 수지가 데려온 동물들이 머무는 베란다가 마주 보이는 식탁에 앉아 생일 축하 노래를 부르고 케이크의 촛불을 끌 것이다.

"그래. 네가 우리에게 온 날도 눈이 내리고 있었어. 너는 우리 모두를 닮은 데가 있었어. 눈은 K를 닮았고 코는 L을 닮았고 입은 O를 닮았고 피부는 나를 닮았다고 했지."

선생은 함께 일했던 동료들의 이름을 나열했다. K는 대장암으로 얼마 전에 죽었고 L은 결혼한 뒤 세상에서 가장 이름이 긴 도시에서 산다고 했다. "그 도시가 어딘데요?"라고 묻자 선생은 기다렸다는 듯이 "방콕이야"라고 했다. 내가 이해할 수 없다는 표정을 짓자 기네스북에도 기록되었다는 정식 이름을 알려주었다. 끄룽 텝 마하나콘 아몬 라따나 꼬신 마힌타라 유타야 마하딜록 폽 놉파랏 라차타니 부리롬 우돔랏차니윗 마하사탄 아몬 피만 아와딴 싸텃 사카타띠야 윗사누깜 쁘라싯.

"대체, 그런 걸 왜 외우고 있어요?"

"아이들이 바로 너 같은 표정을 짓거든."

선생은 어깨를 으쓱하며 답했다. 수지가 고개를 젖히면서 웃었다. 순간 벽에 걸린 액자가 눈에 들어왔다. 선생이 유치원 아이들과 뜰에서 찍은 사진이었다. 체크무늬 원복을 입고 세 줄로 맞춰 앉거나 서 있는 아이들의 뒤에서 선생은 양몰이를 마친 보더콜리 같은 미소를 짓고 있었다. 얼마든지 내게 의지해라, 얼마든지 내게 와서 울어라. 내가 너희를 보살피고 웃게 해줄게. 그런 메시지가 느껴지는 표정이랄까.

"O는 우리나라에서 책이 가장 많은 도서관에서 사서를 하고 있어. 보육원에서도 O는 아이들이 자기 전에 동화책을 읽어주었지."

나는 그 도서관이 어디냐고 물어보려다가 말았다.

6

"귀를 잘 부탁해요."

내가 말했다.

“수지를 잘 부탁하마. 수지와 넌 병원에서 만났다고 들었어.”

선생이 말했다.

나는 한때 수지가 손에 낸 상처들에 대해 생각했다. 병원 복도에서 수지가 붕대를 벗기고 보여주었던 상처들. 수지는 내가 다니는 학교에서 그리 멀지 않은 여중의 교복을 입고 있었다. “왜 그런 거야?”“커터 칼이나 샤프, 볼펜 같은 것, 때론 열쇠로.”내가 묻자 수지는 아주 작은 목소리로 대답했다. 나는 다시 묻지 않았다. 냇가의 수초들처럼 미끄덩거리는 머리카락을 매만지던 수지의 모습은 위태로워 보였다. 우울증 환자는 머리를 감는 것조차 힘들어한다고 들었다. 두 번째 만났을 때 수지는 병원 앞 천변의 벤치에 앉아 있었다. 붙박이처럼 앉아 있지만 어쩐지 이곳으로부터 달아나고 있는 표정이었다. 내가 물었다. “뭘 보고 있어?”수지가 손가락으로 수면을 가리켰다. 수지가 말했다. “우리가 사는 세계가 물에 비친 세계일 수도 있어.”“……”“저것 봐. 물에 비친 모습이 더 아름답고 더 진짜 같지 않아?”나는 수면에 비친 하늘과 구름과 빌딩을 바라보았다. 하지만 기껏해야 물에 빠져 허우적대는 사람들의 모습을 상상해보는 정도였다. 내가 그렇게 살고 있었기 때문일까. 그때 난 수지가 누구도 쫓아갈 수 없는 먼 곳에서 마침내 가라앉지 않을까 두려웠다.

"눈을 들여다보고 정성껏 이야기를 들어주세요." 내가 제 친구 말인데요, 하고 슬쩍 이야기를 꺼내는 날이면 주치의는 고작 그런 해결책을 내놓았다. 난 주치의 앞에서는 어깨를 으쓱했어도 수지 앞에서는 늘 그렇게 했다.

좀 더 시간이 지난 후에 알게 되었다. 중학교 2학년 때 수지의 엄마와 아버지가 이혼했다는 것을. 그래서 수지가 그렇게 불안정했다는 것을. 다행히도 수지는 안정되어갔다. 그 예쁜 손에 더는 상처를 내지 마, 라는 말은 하지 않아도 되었다. 지금도 정신과에 다니는 사람은 나다. 가족들이 계속 다녀야 한다고 주장한다. 하긴, 내겐 만성불면증이란 그럴듯한 병명도 있다.

우리는 건물을 나와 뜰 앞에 섰다. 계절을 잘못 안 노란 개나리가 몇 송이 피어 있었다. 미친 개나리. 내가 중얼거렸다. 속초의 겨울이 따뜻한 편이라서 그래, 라고 말하며 선생이 내게 손을 내밀었다. 작별 인사였다. 내가 머뭇거리는 바람에 수지가 내 몫까지 악수했다.

"수완은 다른 사람 손을 잘 잡지 않아요."

"웃긴다. 네가 글렌 굴드니?"

선생은 낙엽이 바스러지는 소리를 내며 웃었다.

수지는 글렌 굴드가 누구냐고 묻는 듯이 눈이 동그래졌다. 괴짜 피아니스트였던 글렌 굴드는 목욕을 할 때도 장갑을 끼었으며 손으로는 거의 아무것도 잡으려 하지 않았는데, 특히 다른 사람의 손을 잡지 않았다. 실제로 악수를 나눈 상대가 손을 너무 꽉 쥐었다고 고소를 한 적도 있었다. 수지가 진작 글렌 굴드를 알았다면 두고두고 나를 놀려댔을 거였다.

"전 누가 손을 잡았다고 고소한 적은 없어요."

나는 필요가 없어진 손을 바지 주머니에 넣으며 말했다.

"글렌 굴드를 좋아하는구나. 잠깐 기다려줄래?"

안에 들어갔다 나온 선생의 손에 글렌 굴드의 골드베르크 변주곡 CD가 들려 있었다. 돌아가는 길에 차 안에서 들으라고 했다. 녹음 기술자들이 넌더리를 냈던 글렌 굴드의 허밍이 오히려 잘 들리는 1981년 버전이었다.

"멋진데." 내 차를 보고 선생이 말했다. 나무와 꽃과 귀와 선생이 우리를 배웅했다. 나는 계절이 뭉개진 건물의 외벽을 돌아 도로로 진입했다. 선생이 귀를 안은 채로 우리를 향해 손을 흔들었다. 마치 수령이 오래된 나무의 가지가 흔들리는 것 같았다. 귀는 늙은 나무에 새로 돋아난 순처럼 보였다.

7

돌아가는 길에 수지는 조금 쓸쓸해 보였다. 울산바위 옆을 지나는데도 차 지붕을 열어달라고 하지도 않았다. 동물들을 하나씩 보내고 나면 늘 저런 얼굴이었다. 수지는 극구 아니라고 했지만 자신의 일부를 먼 곳에 떼어주고 온 사람의 얼굴. 내 시선을 의식한 듯 수지는 다시 밝게 웃어 보이며 말했다. "선생님이 주신 CD를 들을까?"

수지가 골드베르크 변주곡을 틀었다. 익숙한, 너무도 익숙한 멜로디가 차 안을 가득 채웠다. 음과 음 사이의 침묵까지 듣는 거야. 처음에 흘러나오는 아리아에 대해 이야기하는 엄마의 목소리가 들리는 것만 같았다. 엄마 옆에 누워

낮잠이 들던 나의 이마를 쓸어내리는 다정한 손길마저도 느껴지는 것 같았다.

　　어렸을 때 나는 한나절 만에 이십육 년을 자란 글렌 굴드를 만나곤 했다. 아침에는 글렌 굴드가 1955년에 녹음한 골드베르크 변주곡을 들었고 밤에는 1981년에 녹음한 버전을 들었다. 마치 아침에는 네발로 걷다가 저녁에는 세 발로 걷는 동물이 무엇이냐고 묻는 수수께끼 같았다. 엄마는 바흐를 좋아했고 글렌 굴드를 좋아했고 골드베르크 변주곡을 좋아했다. 엄마는 삶의 마지막 순간에도 글렌 굴드가 연주하는 바흐의 골드베르크 변주곡과 함께했다. 그때 나를 부모님의 침실로 이끈 피아노 소리는 글렌 굴드였다. 글렌 굴드의 골드베르크 변주곡을 듣고 있노라면, 이 곡을 치면서 흥얼거리지 않는 것이 오히려 이상한 일인 것만 같다. 골드베르크 변주곡은 불면증으로 고생하였던 카이저링크 백작을 위해 바흐가 작곡한 곡으로 알려져 있다. 백작이 고용한 골드베르크라는 클라비어 연주자가 이 곡을 쳤다. 카이저링크 백작은 이 곡을 들으며 단잠을 잘 수 있었을까. 그 시대 건반 악기였던 하프시코드의 음색을 생각하면 조금 상상하기 어렵지만, 나는 바흐가 적재적소에 배치한 수많은 장식음이 카이저링크 백작의 눈꺼풀 위로 내려앉는 모습을 그려본다. 십육분음표와 삼십이분음표들은 열쇠를 닮았다. 수십 벌의 열쇠들이 부딪치며 짤랑거리는 음색으로 하프시코드는 손색이 없다.

8

“너, 잤어.”

수지가 이마에 피를 흘리며 말했다. 어느새 이렇게 어두워졌을까. 내려앉기 시작한 어둑발 속에서 핏빛은 비현실적이었다. 도화지 같이 창백한 얼굴에 일부러 그려 넣은 듯 피의 궤적이 선명했다. 나는 언제 잠이 들었을까. 스무 번째 변주곡이 시작될 즈음이었을까.

“골드베르크 변주곡 들으면서 자버렸다고. 우린 죽을 뻔했어. 내가 핸들을 틀어서 간신히 살았어.”

수지가 내 뒷머리를 쳤다. 내가 잘못된 곳에 있지 않다는 신호처럼. 정말이지 이제야 정신이 좀 드는 것 같았다. 고속버스 한 대가 우리 옆을 지나갔다. 비어 있는 좌석들

만큼이나 무관심한 모양새였다.

내 차는 44번 국도의 가드레일을 들이받은 거였다. 다행히도 우리 둘 다 크게 상처 입지는 않았다. 수지의 이마를 제외하고는 차 내부에 부딪히면서 긁히고 멍든 상처뿐이었다. 나는 티슈로 수지의 얼굴에 흘러내리는 피를 닦은 다음 수지의 상처를 자세히 들여다보았다. 대시보드 위의 장식품이 사고의 충격으로 튕겨 룸미러를 깨트린 것 같았다. 룸미러의 파편이 수지의 이마에 박혀 있었다. 나는 눈에 보이는 큰 유리 조각을 빼냈다. 그리고 밴드를 붙여주었다. 수지는 울 것 같은 표정을 지으면서도 울지 않았다. 나는 자꾸 이마를 만지려 하는 수지 손을 조심스레 내려 잡았다. 한때 무수한 생채기를 냈지만 어느덧 아물어 희미한 흉터만 남은 손. 앓았지만 잃지는 않은 손. 힘주어 꼭 잡아주기를 한결같이 기다리고 있었던 손. 수지는 놀란 듯 내 손을 한번 꼬옥 쥐었다가 힘을 풀었다.

"그래도 우리, 살았다아. 이렇게 살아 있다아."

수지는 살았다, 라고 했다가 살아 있다, 라고 했다. 수지의 말에 우리는 손을 잡은 채 마주 보고 피식, 웃었다. 살아 있다는 걸 증명하기 위해 웃을 힘이 남아 있다는 걸 보여야 한다는 듯이. 그러고는 침묵이었다. 우리는 아무 말도 하지 않았다. 희미하게 떨리는 수지의 손은 땀으로 약간 끈 적였지만 따뜻했다. 따뜻하고 따뜻하고 따뜻했다. 십여 분 정도 지났을까. 이번엔 수지가 잠들어버렸다. 갑작스레 긴장 이 풀린 탓 같았다. 한결 짙어진 어둠 속에서 내 쪽으로 향한 수지의 이마가 하얗게 빛났다.

　　나는 수지가 깨지 않도록 조심하며 차 문을 열고 밖으로 나갔다. 이차선의 도로는 길의 폭을 여전히 유지한 채였다. 찌그러진 건 내 차였다. 나는 산들이 겹쳐진 불분명 한 경계선을 응시했다. 차갑고 신선한 공기가 내 의지와 상 관없이 폐부로 스며들었다. 이상했다. 안도감이 들었다. 나 는 팔이 잘 움직이는지 확인하기 위해서 크게 수영 동작을 해보았다.

마음과 산책

해변을 향해 직선으로 걸어가는 산책로 대신 처음부터 바다의 뒷문으로 산책을 떠나는 날이 있다. 남대천을 따라 안목해변까지.

강이 어떻게 바다와 만나는지, 오리들은 어떻게 나는 것보다 헤엄치는 것이 더 자연스러워 보이는지, 갈매기들은 어떻게 바다에서나 강에서나 저리도 느긋한지, 자맥질하는 오리가 물속에 얼마나 오래 있을 수 있는지, 청둥오리의 청록색 목이 얼마나 근사한지, 온몸이 새까만 오리는 또 얼마나 귀여운지 정신없이 풍경에 탐닉하다가 저물녘의 빛에 윤슬이 반짝이자 나도 모르게 마음이 멈춘다.

루쉰의 산문을 읽으면서 양육의 반대말은 상실인가, 생각하던 참이었다. 실컷 양육해서 기꺼이 상실하는 삶, 이것이 시의 삶일지도 몰라, 생각하다 산책 나온 참이었다.

그러나 산책하는 내 마음은 머리와 반대였다.

　　　마음을 준 대상이 세상에서 사라지자 머물 곳 없어진 마음이 떠도는 것에 대해서 생각하고 있었다. 마음을 준다는 게 이런 거였나. 마음을 준 대상이 완벽하게 세상에서 사라진 일이 처음이었으므로, 이런 생각을 처음 해보았다. 가령 마음을 담던 그릇이 깨졌으니 마음도 물처럼 증발하여 사라진다면 좋겠는데, 웬걸, 마음은 육체를 가져서 나의 바깥을 제멋대로 돌아다니고 있다는 게 당혹스러웠다. 내게서 떨어져 나간 마음이 나의 구속을 벗어나 평소 같으면 만나지 않을 사람을 만나고 평소라면 상상조차 하지 않는 일을 벌이는 것을 사람들은 '방황'이라고 말하는지도 모른다.

　　　별수 없이 이런 마음과 함께 산책하는 날이 있다. 마음아, 너는 그래서 그런 일을 벌이고 그런 사람들을 만난 거니. 나는 그런 일을 벌이지 않도록 애써왔고 다른 사람을 필요로 하지도 않았는데 말이야, 쓸쓸하게 웃으면서. 어떻게 해야 너는 다시 나에게로 돌아올 거니, 아연해하면서.

　　　내 안의 빛이 꺼져가는 동안에도 남대천의 윤슬은 여전히 반짝인다. 빛이 사위면서 일렁인다. 마음이 나가서 빈 마음의 자리로 물비늘이 통과한다. 투명하고 차갑게.

[시]

구멍

반지를 반지이게 하는 것은 구멍

마음을 마음이게 하는 것도 어쩌면 구멍

죽음을 죽음이게 하는 것은 당연히 구멍

구멍을 메우려 했지

들여다보는 게 괴로워서

반지의 구멍을 메우면

손가락에 못 끼는데

마음의 구멍에 대해서는

메우려 했지

들여다보는 편이 낫다는 걸
나중에 알았어

손가락에서
열매처럼 빛나는 반지

마음엔
너의 실루엣과 같은
구멍

꼭 너인데
너만 없는 구멍

너만 채울 수 있는 구멍
세상에 꼭 너만 없어져 생긴 구멍

이젠

이 구멍을 들여다볼 수 있을 것 같아

너니까

이 구멍을 들여다볼 수 있을 것 같아

너니까

꿈과 희망과 산책

어느 날에는 어디선가 마주친 '꿈도 희망도 없이 사는 법을 터득해야 한다'는 문장을 산책 내내 지니고 다녔다. 나는 이 문장을 자세히 들여다보고 싶었다. 꿈과 희망에 젖어 살았다가 꿈과 희망이 말라 죽고 싶은 적이 있었던 사람으로서. 그러니까 누구나의 마음으로.

하평들을 지나 바다를 보고 남대천을 따라 집으로 걸어오는 길은 피아니시시모(ppp) 같은 조용함이 있었다. 바다에서 온통 파도를 듣다가 강의 하류로 접어드니 더 조용한 것도 같았다. 속삭이는 듯한 풀벌레 소리, 물고기가 간혹 첨벙이는 소리 사이로 달빛이 출렁이는 소리마저 들리지 않을까 귀를 기울이게 되는 고요한 풍경이었다. 피아니시모(pp), 피아니시시모(ppp), 피아니시시시모(pppp). 여려지다 더 여려지고 이내 조용해지고 더 조용해지는 건 어떻게 표현할 수 있을까, 셈여림만으론 한계가 있을 것이다. 색채를 바꾸어야 하겠지. 풍경이 바뀌어야 하는 것처럼.

산책이 끝날 무렵에 나는 나에게 말할 수 있었다.

'꿈도 희망도 없이 사는 법을 터득해야 한다' 같은 결론은, 어쨌든 꿈도 희망도 가져보았던 사람이 할 수 있는 말 아닐까. 보통 사람이라면 어떤 식으로든 어떤 크기로든 꿈과 희망을 가져볼 수밖에 없을 거야. 이 문장은 누구보다도 오래 꿈과 희망을 가졌던 사람의 말 아닐까. 그러므로 일단 꿈이든 희망이든 가져보아야 한다. 오래 가져보아야 한다, 이 문장이 말하는 진실에 닿으려면……

나는 산책 내내 가볍게 움켜쥐었는가 하면 보드랍게 쓰다듬었고 쿵쿵 냄새도 맡아보았던 이 문장을 마침내 주머니 밖으로 날려 보냈다. 혼자이기엔 외로운 문장이니까, 여름날 한가로운 하늘에 떠 있는 한 점 구름 같은 프루스트의 문장과 함께 떠나 보냈다. 약간의 꿈이 위험하다면 거기서 헤어나게 해주는 것은 꿈을 덜 꾸는 것이 아니라 더 꾸는, 아니 온통 꿈만 꾸는 것이라는.

주말의 독서 모임이 끝나면 사람들과 산책을 한다. 카랑카랑한 겨울바람이 부는 경포호수를 함께 걷는다든가 혼자라면 가지 않았을 경포저류지와 가시연습지, 이 뒤에 있는 메타세쿼이아 길 같은 곳. 넓게 트인 풍경 속에서 각각의 질감과 부피를 지니고 미풍에 흔들리는 초록과 느리게 흐르는 물을 바라보는 일은 무척 근사하다. 이야기하며 발걸음을 옮기는 것도.

　　독서 모임을 연 것도 강원도에 와서 처음 하는 일들 중 하나이다. 나쓰메 소세키 전집 읽기로 시작해서 박완서 작가 전집 읽기를 끝내고 현재는 한강 작가의 장편소설 읽기 모임을 하고 있다. 소설을 연대기적 순서로 읽다보니 작가의 시작과 끝을 한 줄로 꿰며 성장의 궤적을 짚을 수 있는 전집 읽기의 매력이 참으로 크다고('구슬이 서 말이라도 꿰어야

보배다'라는 속담의 진정한 의미를 알았달까) 느껴서 계속 전집 읽기 모임을 진행할 것 같다. 함께할 사람이 없다면 혼자서라도 말이다.

지금껏 독서 모임 도서 중에 가장 잊을 수 없는 책은, 나쓰메 소세키 전집일 듯하다. 일본의 국민 작가로 평가받는 소세키는 서사주의이기보다는 문체주의이다. 여행자보다는 산책주의자가 즐길 만한 그의 문체가 좋다. 수면에 고요히 흔들리는 무늬를 종이로 슬며시 찍어 말린 듯한 문체. 내가 내향적 인간계의 '무슨 일이 일어나는 것을 좋아하지 않는 사람'이라면 나쓰메 소세키는 작가계의 '무슨 일이 일어나는 것을 좋아하지 않는 소설가'다. 기승전결이 뚜렷하고 괄목할 만한 사건이 일어나는 소설을 좋아한다면 소세키 씨의 소설 세계에 빠져들기가 처음엔 힘들 수 있다. 화려한 도회지의 삶에 익숙한 사람이 강릉 같은 중소도시의 삶에 익숙해지기 힘든 것처럼.

소세키의 장편소설 『풀베개』의 도입부를 빌려 말하자면 나의 사연은 이렇다. "살기 힘든 것이 심해지면 살기 편한 곳으로 옮겨 가고 싶어"하니까 북적한 도시에서 살다가 강원도의 한적한 곳으로 흘러 들어왔고 "어디로 옮겨 가도 살기 힘들다는 것을 깨달았을 때 시가 태어나고 그림이 생겨 난다"는 문장처럼 거짓말 같게, 강릉에 이사를 와서 시를 쓰 며 살고 있다. 그런가 하면 요즘은 "이런 곳에 온 이상 한가 하게 지내지 않으면 온 보람이 없지 않겠습니까"란 물음에 "어디에 있든 한가하게 있지 않으면 살아 있는 보람이 없다" 는 인물들의 대화에 마음을 찔리고.

일 년 반 남짓한 시간 동안 몇몇 사람들과 함께 읽 은 소세키의 소설 가운데 내가 가장 좋아하는 건 『문』이다. 소설에 나오는 소스케와 오요네 부부의 고요하고 사소한 일 상은 내가 인제 한계리에서 누리던 일상과 비슷하고 어쩌면 마음가짐까지 비슷해서 깊이 공감하며 읽었다. 소스케와 오 요네는 과오를 절대 잊지 않은 채, 잊을 수 없는 채 살아가지 만 과거의 무거운 돌덩이를 안고도 현재의 일상에 충실한 부 부이다. 세월이 소스케 부부를 날마다 추운 곳으로 몰아갈지 언정 부부는 이슬이 반짝일 무렵에 일어나 차양 위로 아름다 운 해를 보고 정원에 핀 꽃송이의 수를 헤아리는 기쁨을 함 께 나누고 커다란 파초 잎 두 장을 잘라 객실 툇마루에 깔고 나란히 그 위에 앉아 더위를 식힌다.

소스케 부부의 일상 장면에서 나는 한계리의 초여

름을 떠올리곤 했다. 5월, 6월이면 여기저기서 꽃들이 오종
종 피었지. 싱그러운 때였다. 산과 물을 오가며 우짖는 이름
모를 다양한 새소리에, 물 흐르는 소리에, 흰 꽃과 푸른 잎사
귀 들에 마음을 뺏기다 산책하고 돌아오면 눈과 귀가 깨끗이
씻기었다. 그저 이 맑음과 깨끗함을 담는 그릇이고만 싶었
던……

　　　　나는 '일상인간'이구나. 이 소설을 읽으며 깨달았
다. 일상을 소중히 채우는 즐거움과 기쁨으로 이 세상에 태
어난 이해할 수 없는 이유를 이해해나가는 인간이라는 것을.
헝클어진 하루를 보냈어도 다시 깨끗한 하루가 발밑에 주어
진다는 사실에 작은 용기를 내며 잠을 청하는 인간이라는 것
을. 매일 발밑에 새로 놓이는 하루라는 옷을 조심히 펼쳐 다
려 입는 인간이라는 것을. 나를 좀처럼 믿지 못하지만 내가
행하는 가지런함만큼은 믿을 수 있다는 것을. 매일의 반복
을 지겨워하기보다는 미세하게 구별되는 색의 물감을 고르
고 건반의 한 음을 다르게 누르고 주어진 박자를 나누어서
하루들을 어떻게 변주할까 궁리하는 인간이라는 것을. 주에
닷새 일하는 소스케처럼 나에게도 일요일이 정말 소중하다
는 것을.

형(소스케)에게 일요일이 얼마나 소중한지…… (……) 엿새 동안의 어두운 정신 활동을 이날 단 하루에 따뜻하게 회복하기 위해 형은 많은 희망을 24시간 안에 투입하고 있다.[*]

소중한 일요일의 일상은 이렇다. 느지막이 일어나서 좋아하는 것들로 차려 늦은 아침을 먹는다. 매일 그렇듯 식빵 한 조각과 달걀프라이, 치즈 한 장, 사과 한 알을 먹을 수도 있지만. (장난스럽게 말하곤 한다. 나와 견줄 만한 상대는 영화 〈올드보이〉에서 감금당한 채 끼니마다 군만두를 먹었던 오대수라고……) 치즈 한 장을 올린 컵라면을 먹을 수도 있고 감자칩 한 봉지를 먹을 수도 있다. 느긋하게 이른 오후까지의 시간을 즐기다가 진공청소기를 꺼내어 온 집 안을 꼼꼼하게 민다. 창틀이며 선반이며 책장의 먼지들도 털고 닦는다. 일주일간 찍히 냉장고의 손자국도 말끔하게 지운다. 고무장갑을 야무지게 끼고 욕실 청소도 한다. 청소를 열심히 하는 건 이다음을 위해서다. 일주일 그 어느 때보다 깨끗해진 집에 눕는다. 볕이 좋은 날이면 볕이 좋은 응접실에 눕는다. 볕

* 나쓰메 소세키, 『문』, 송태욱 옮김, 현암사, 2015, 33쪽.

을 따라 몸을 구겨 가며 눕기도 한다. 어릴 때부터의 습관이다. 고양이를 키워보니 이 습관은 고양이와 닮았는데, 아마 그래서 호떡이가 나와 친했을까. 고양이는 인간을 큰 고양이라고 생각한다는데 나는 이 이론에 이의를 제기할 수 없는 큰 고양이였으니까.

일요일의 인간, 하면 나에겐 소스케 말고도 아빠가 떠오른다. 볕바른 곳에서 일요일이면 러닝셔츠 차림으로 손톱을 깎던 아빠의 뒷모습이 일요일의 이미지로 각인되어 있다. 아빠도 소스케처럼 일요일이 소중한 공무원이었다. (어릴 때의 기억을 되살려보면 아빠는 전날 무슨 일이 있었든 다음 날 정시 출근을 거른 적이 없는 신기한 사람이었다. 내가 그렇다. 무슨 일이 있어도 학원 문을 연다.) 호떡이의 발톱을 깎아주던 요일도 거의 일요일이었다. 따라서 호떡이가 긴 꼬리로 자신의 발을 감싼 채 짐짓 거리를 두어 경계하고 내가 호떡이의 눈을 들여다보며 불러도 나에게 쉽사리 오지 않던 요일도 일요일이었다. 문득 고양이별에서도 일요일마다 발톱을 깎는지 궁금하다.

삶에서 큰 것을 이루겠다는 야심보다 매일매일의 삶을 귀중히 여기고 가지런히 하겠다는 텃밭심이 좋다. 내

그릇만큼만 오롯이 살다 가고 싶다. 어리석어 보일까, 아마도 그럴 것이다. 이런 소박한 일상인간에게 산책이란 얼마나 소중한 행위인지. 산책은 몰라도 나는 안다. 때로는 나도 모르니까 알게 하려고 산책을 한다.

물보라 여인숙의 구름 관찰자

강릉 동쪽 바닷가에 살지 않을 때는 미처 몰랐던 다양한 구름의 질서들을 본다. 나는 구름의 질서가 나의 질서를 능가하도록 내버려둔다. 한 시절의 일기 이름도 '물보라 여인숙의 구름 관찰자'라고 지을 만큼이다. 바다로 향하며 구름을 관찰한 걸 기록한 일기다. (가을 하늘이 사계절의 하늘 중 가장 아름답다는 것은 아마도 사실이려나. 초가을에 쓴 기록들이 많았다.)

노을빛 받은 구름이 분홍 밴드가 되어주었던, 해 질 무렵의 바다.

권운.

"구름 중에서도 가장 상층에 위치하며, 대기의 온도가 낮기 때문에 물방울이 아닌 작은 얼음 결정으로 이루어져 있다. 이 얼음 결정이 구름에서 떨어져 나가는 것과 동시에 상공의 강한 바람에 흩날리면서 뿔뿔이 흩어져 실 모양의 긴 유선(流線)이 생긴다."*

오늘 내가 본 구름은, 권운 중에서도 송이구름일까?

조약돌처럼 하늘 한쪽을 메운 구름은 파도처럼 펼쳐진 권적운이었다.

"하늘에 새하얀 조약돌을 가득 깔아놓은 것처럼 작은 덩어리 모양의 구름 조각들이 한가득 모여 있는 것을 권적운이라 한다. 그 모습이 마치 생선의 비늘처럼 보인다고 해서 비늘구름, 고등어의 몸통을 닮았다고 해서 고등어구름 등으로 불리기도 한다. 파란 하늘에서 유독 빛나 보여서 가을을 대표하는 구름이라고 하지만 가을에만 자주 나타나는 것은 아니다."**

오늘의 가을 하늘. 파도구름 같아 보인다.

높은 하늘에 펼쳐진 권운. 갈고리구름, 방사구름의 형태도 보인다.

* 무라이 아키오·우야마 요시아키, 『세상에서 가장 아름다운 구름 사전』, 고원진 옮김, 사이, 2015, 31쪽.
** 같은 책, 55쪽.

권운의 여러 종류를 관찰할 수 있었던 날. 갈고리구름. 농밀구름. 탑구름. 하늘을 빗자루로 쓴 듯한 권운과 렌즈구름(권적운).

넓은 들녘을 걸을 때마다 입체적으로 하늘을 덮은 각양각색 구름을 보며 스노 글로브 같은 투명한 돔에 갇힌 듯한 기분이 든다.

바다 쪽 구름은 늘 육지 쪽 구름보다 예쁘다. 작고 예쁜 구름 몽실한 저쪽이 바다, 나도 모르게 중얼거린다. 구름이 하늘의 뇌인 것처럼 펼쳐질 때도 있다. 탁 트인 시야를 가질 수 있어서일까, 낮이면 불어오는 해풍 때문일까(구름의 모양을 결정하는 것 중의 하나는 대기의 입김이니까), 바다까지 산책하면서 신비한 질서를 지닌 구름들을 목격하는 날이면 나는 아주 작은 모형의 사람이 되어서 신의 수정 구슬 안에 들어 있는 것만 같다.

이런 날 구름 사진을 여러 장 찍어 SNS에 올리면 사람들도 너나 할 것 없이 감탄한다.

자연의 이런 힘을 경외한다. 야구 경기장이나 축구 경기장에서 사람들이 한데 함성을 지르고 울고 웃고 파도타기 같은 일사불란한 모습을 보여주는 것처럼 자연의 아름다운 경관 속에서 사람들이 하나같이 아, 하고 감탄을 하고 올려다보고 돌아보는 것. 요즘 같으면 일제히 스마트폰을 들고 찍는 행위로 갈음되겠지만 스마트폰을 들기 전에 누구나 약속이라도 한 듯이 짧게 아, 감탄하며 보이는 저마다의 마음 깊음과 순간의 진실함을 사랑한다. 내 마음도 이와 같아서 평소에는 느끼지 못했던 사람과 사람 사이의 연결을 감지할 수 있달까. 구름처럼 대단하지 않아도 내게는 특별해 보이는 자연 속의 무언가에 골몰해서 사진을 찍고 있으면 사람들이 '엇, 여기에 이런 게 있었어'라는 표정으로 내가 찍는 나무나 꽃, 돌 들을 다시 보고 가는 것도 좋다.

구름에 관한 재미있는 에피소드가 하나 있다. 고등학생 때 오래된 영화를 즐겨 보았다. 비디오 대여점에서 빌린 영화를 친구 집에 모여 보기도 했고 혼자 보기도 했다. 나를 제외한 식구들이 곤히 잠든 새벽에 거실에서 홀로 숨죽이고 보는 영화를 좋아하기도 했지만(마치 영화와 나만 세상에 존재하는 것 같았다) 순전히 다음 날 등교해서 어제 레오 카락스 감독의 영화를 봤는데 굉장했지, 이 한마디 말을 하기 위해서 볼 때도 있었다. 그렇게 〈나쁜 피〉와 〈퐁네프의 연인들〉을 보았다. 두 영화 모두 어떤 내용인지 이제는 가물가물하지만 겨울을 닮은 시린 이미지와 쥘리에트 비노슈의 창백한 낯빛은 마음 어딘가에 남아 있다.

정확한 인과는 생각나지 않지만(아마 인과라는 것이 없을 것이다, 청소년기의 치기라면 모를까) 〈퐁네프의 연인들〉을 보고 나서, 내가 '하늘이 하얗다'라고 말할 때 '구름은 검다'라고 말하는 사람이 나타나면 그 사람을 운명의 상대로 생각하기로 했다. 이렇게 정한 데에는 설마 나타나겠어, 하는 장난스러운 심보가 없지 않아 있었는데 몇 년 후 이렇게 말한 사람이 정말 나타났다. 내심 놀랐지만 이미 친구로 여기던 사람이었다. 마침 이 사람에게 나의 단짝 친구가 열렬한 관심을 보여서 내가 나에게 했던 예언은 없던 것으로 하고 친구와 이 사람을 연결해주려고 했다가 친구와 이 사람과 나의 관계를 모두 망쳐버렸다는 흔한 이야기다. 로맨틱 코미디 같은 해피엔드만 없었을 뿐.

이만하면 이런 엉뚱한 생각은 멈춰야 했을 텐데 지금껏 나는 번번이 허황한 순간에 걸려 넘어졌다.(아무래도 영화를 너무 많이 본 것이 틀림없다.) 고칠 수 없는 병일까,

최근에도 샬럿 브론테의『제인 에어』를 다시 읽고 나도 모르게 나와 내기했다. 제인 에어가 로우드로 보내지기 전까지 이 소설에서 가장 웃긴 장면을 고른다면요, 하고 물었는데 상대가 내가 생각한 장면을 말한다면?

오늘의 구름을 보며 생각한다. 정답을 맞히는 사람이 나타난다면 나와 마음이 맞는 책 친구라고 여기고 독서 모임을 만들 것이다. 에밀리 브론테와 샬럿 브론테를 읽고 브론테 자매들의 책을 다시 읽게 한 앤 카슨의 책을 함께 읽을 것이다.

내가 가장 좋아하는 구름은 뭉게구름(적운)이 잘게 잘게 흩어진 것이다. 어릴 적 좋아한『서유기』에서 손오공이 타고 다니던 깜찍한 구름 모양. 이 구름이 나의 이상형이다.

이 구름은 나만의 이상형은 아닐 것이다. 최근에 본 로맨틱 코미디 영화 〈첫눈에 반할 통계적 확률〉에서 남자 주인공은 공항에서 만나 첫눈에 반한 여자 주인공에게 비행기의 작은 창문 너머로 보이는 구름을 보고 이런 말을 한다.

"적운이네, 최고의 구름이야. 지구상에서 어릴 때 그렸던 그림과 똑같이 생긴 건 저것뿐일걸."

산책과 카페

강릉에 이사 온 뒤 첫 번째 사교적 회동은 작은 도서관에서 하는 커피 핸드 드립 강의였다. 커피를 좋아하고 도서관이라는 장소도 좋아해서 즐겁게 배웠다. 작은 사교적 파동이 더 큰 파동으로 이어지지는 않았지만.

애주가 아빠가 강릉에 놀러 와서 가장 좋아한 곳은 의외로 '커피 거리'라고 불리는 안목해변이었다. 밤이면 조명 덕분에 화려해지는 안목해변을 두고 아빠는 외국 같다고 말하였다. 즐비한 카페에는 들어가보지도 않고 해변을 따라 걷다가 편의점에서 예의 팩소주를 사서 마시며 들떠 있는 아빠의 모습이 난데없이 귀여워 보였다. 처음이었던 것 같다. 아빠를 귀엽다고 생각해본 게.

나를 일상인간, 날씨인간, 취미인간…… 장난스럽게 이름하는데 여기에 하나를 더하자면 아마도 '카페인간'

이지 않을까. 카페에서 작업도 하고 혼자만의 시간을 알차게 혹은 멍하게 보내며 행복해하는 사람. 나 같은 카페인간에게 강릉은 맞춤한 중소도시이다.(어느 땐 카페가 너무 많아진 게 아닌가 어리둥절하기도 하지만.) 카페인간답게 즐겨 찾는 카페도 여러 곳 있다. 에스프레소를 마시러 가는 곳, 드립 커피를 마시러 가는 곳, 사람들이 줄 서서 기다리는 독특한 커피를 마시러 가는 곳, 내게 가장 맛있는 캐러멜 마키아토를 먹으러 가는 곳, 골목길을 걷다가 가는 곳, 바다를 보기 위해서 가는 곳, 경포호수를 보기 위해서 가는 곳, 정원이 예뻐서 가는 곳, 강릉의 시내가 한눈에 들어오는 게 좋아서 가는 곳, 한옥 특유의 정다운 분위기가 좋아서 가는 곳, 드립으로 내려주는 커피에 따뜻한 우유를 섞으면 묘하게 대추차의 단맛이 나서 좋아하는 곳, 빵을 먹기 위해 가는 곳, 앙증맞은 구움 과자를 먹기 위해 가는 곳, 달지 않은 케이크를 먹기 위해 가는 곳, 프렌치토스트가 맛있어서 가는 곳, 우롱차를 마시기 위해 가는 곳, 차이를 마시기 위해 가는 곳, 사람들의 웅성거림을 듣고 싶어 가는 곳, 어쩐지 대화 상대가 그리워서 가는 곳, 도서관 같은 분위기여서 작업을 하기 좋아 가는 곳……

출근 전에 에스프레소를 마시며 소설집이나 시집을 읽는 카페는 볕이 좋아서 잠시 어떤 시름도 잊고 책의 세계에 빠져들게 한다. 책과 나는 사이좋게 볕받이를 하며, 함께 버터처럼 녹아내린다. 프랑스에 사는 지인이 프랑스보다 더 프랑스 같은 카페라고 하였던 빵과 커피가 맛있는 동네 카페에도 출근 전 들르곤 한다. 일하다가 먹을 간식 빵을 사서 가방에 넣어두고 책을 읽으며 입가에 코코아 가루를 묻힐 수밖에 없는 커피를 마신다. 나중에 먹겠다 결심한 간식 빵은 중간에 포장을 풀어서 먹어버리기 일쑤이다. 핸드 드립 커피를 내어주는 단골 카페도 두어 곳. 식사 빵을 직접 만드는 동네 카페에는 일요일 오전에 가서 느긋한 식사를 마친 뒤 책과 노트와 연필과 지우개를 꺼내 기억하고 싶은 문장을 적는다.

명주동, 홍제동, 임당동, 초당 등의 골목길을 걷기 좋아한다. 즐겨 들르는 카페들도 거의 여기에 있다. 산책하다가 당이 떨어진 것 같아, 빗방울이 떨어지는 것 같아, 하며 잠시 쉬어가기도 하는 카페. 어떤 카페는 큰길로만 다녀서는 전혀 눈치챌 수 없는, 고불고불한 골목길을 걸어야만 도달한다. 방앗간을 개조해서 만든 카페들 중 한 곳은 가장 단골이다.

안목해변의 카페들은 한껏 바다를 바라볼 수 있어서 좋다. 바다야 가까이서 보고 느끼는 게 좋을 때가 많지만 (파도 소리, 바다 냄새, 모래의 감촉, 조개껍데기 줍기……) 전시회에서 그림을 볼 때 거리마다 그림이 달라 보이듯이 저 멀리의 바다까지 시야에 넣어보고 싶을 때, 바다는 크게, 바다 곁 사람들은 작게 보고 싶을 때 높고 넓은 전망을 지닌 카페에 간다. 주로 바닷가를 면한 호텔의 카페가 내가 선호하는 장소이다. 흔히 말하는 대로 '바다 멍' 하기에 좋은 곳이랄까. 오른쪽으로는 경포호수, 왼쪽으로는 경포해변을 볼 수 있는 호텔의 라운지 카페도 특별한 전망을 담고 싶을 때 가는 곳이다. 강릉이 이렇게 생겼구나, 하고 도시를 한눈에 조망하기에도 좋다. 특히 (기차를 타야 하는 먼 산책이지만) 정동진의 한 호텔 스카이라운지 카페에서 카푸치노를 마시며 책을 읽다가 바다를 보다가를 반복하는 시간을 즐긴다.

불쑥 강릉을 방문한 엄마와 이 호텔에 갔을 때가 떠오른다. 엄마는 이렇게 좋은 곳을 알고 있는 나를 다시 보았다. 나는 사람들이 좋다고 여기는 곳들을 돌아다니는 걸 싫어했으니까. 이날 우산을 쓰고 부슬부슬 비 내리는 정동진을 요리조

리 다니며 엄마 여기는 이게 맛있어, 엄마 여기는 이런 경치가 좋아, 엄마 여기는 드라마에도 나왔대, 엄마 여기는 영화가 주제인 작은 서점인데 식사 빵이 참 맛있다…… 하며, 비 오는 날인데도 불구하고 신이 나서 내가 좋아하는 곳을 안내했다. 나의 사뭇 다른 모습을 엄마는 마음에 들어했다. 나는 이날 엄마의 뒷모습이 유독 마음에 남았고.

　　엄마는 일명 디스코 머리를 하고 있었다. 엄마의 디스코 머리를 보면서 나는 광주 지산동이 생각났다. 지산동 법원 가기 전 언덕 아래 우리가 세 들어 살던 집. 볕바른 마루에서 엄마가 내 머리를 바짝 땋아주던 기억. 엄마가 디스코 머리로 땋아주겠다는 예감이 들면 나는 어깨가 움츠러들곤 했는데 그날도 그랬다. 나도 모르게 등지고 있던 엄마에게서 자꾸 벗어나려고 해서 등짝을 몇 번 얻어맞은 게 그날의 볕받이만큼 선명히 기억났다. 내 눈꼬리가 적어도 15도는 더 올라가리만치 단단히 머리칼을 고정하였던 엄마의 야무진 손길을 나는 여전히 닮지 못한 채로 매해 엄마의 명절 음식과 계절 음식과 김장김치를 납죽 받아먹고 있다고, 엄마는 혼자서도 이렇게 머리를 잘 땋네, 하면서 나는 엄마의 뒷모습을 이날의 가장 사사로운 예쁨으로 저장하였다. 정동진에서 강릉으로 돌아오는 기차의 창밖으로 보았던 흐린 바다보다도 호텔의 가장 높은 층에서 내려다보았던 깊은 바다보다도 거센 파도가 치면 하얀 물거품의 여운이 볼에 닿곤 하는 유명한 바닷길보다도 달콤새콤한 오렌지잼을 곁들여 먹은 치아바타보다도.

이런 산책만큼은 자연이래도 사람을 능가하지 못한다고 생각하면서.

마디

악보에는 마디가 있다. 마디는 세로줄과 세로줄의 사이이다. 마디를 결정 짓는 세로줄에는 보통의 세로줄과, 한 단락을 마치고 새로운 단락의 시작을 알리는 겹세로줄과, 곡을 마칠 때 사용하는 끝세로줄이 있다. 마디가 없으면 선율까지는 몰라도 박자가 무의미해진다. 아니다. 박자가 무의미해지면 끝내 선율도 무의미해진다.

흐르는 시간에도 마디가 있다. 연이라는 마디, 월이라는 마디, 하루라는 마디. 시라는 마디. 분이라는 마디. 초라는 마디. 약속된 세로줄들 안에 저마다의 마디를 그려 넣는 것이 각각의 하루일 것이다. 주어진 하루라는 오선지 안에 마디들이 생긴다. 아침을 먹고, 출근을 하고, 오전 업무를 하고, 점심을 먹고, 커피 한 잔을 마시고, 오후 업무를 하고, 퇴근을 하고, 저녁을 먹고, 샤워를 하고…… 세로줄들을 그리면서 마디는 시간을 깨뜨리고 과거와 현재를 나눈다. 다음 마디로 건너가려면 어쨌거나 지금의 마디를 수행해야만 한다.

해야 할 일들로 생기는 마디 외에 내가 하고 싶은 일로 마디를 그리고 이 안에 음표를 그려 넣을 때 하루라는 곡엔 생기가 돈다. 비로소 변화무쌍해지고 '저마다의 하루'라는 표현과 어울린다. 삶은 사적일 경우에만 생동감이 넘친다고 키냐르가 말한 것처럼. 하루의 귀퉁이에 소중하게 산책이라는 마디를 두어 개쯤 마련해놓고 나와 닮은, 혹은 강릉과 닮은 나직한 선율을 채운다. 그런 하루에는 다른 날과 조금 다르고 특별한 곡을 완성하여 머리맡에 두고 안온한 마음으로 잠자리에 들 수 있다. 자고 일어나면 도착할 다음 하루가 어느 때보다 발밑에 단정하고 깨끗하게 개켜 있는 느낌이다. 이런 날에는 굳이 좋은 꿈을 빌지 않고 단잠에 들 수 있다. 이 하루가 좋은 꿈이었으니까.

어떤 날에 가장 바라는 하루는, 존 케이지의 〈4분 33초〉처럼 음자리표와 종지 세로줄 사이에 어떤 음표도 그려 넣지 않고 그저 내가 하나의 음표가 되어 누워 있기만 하면 되는 전위적인 곡이기도 하다. 그러나 존 케이지가 완벽한 침묵은 없다고 말한 것처럼 완벽하게 아무것도 하지 않은 하루는 없으리라. 〈4분 33초〉 안에 공간과 관객석의 우연한 소리가 담기는 것처럼 텅 빈 하루에도 온전한 쉼이 주는 우연의 힘이, 사적인 음악이 담길 것이다.

이런 느슨하고 특별한 곡이 필요한 하루가 있다. 산책도 소거된.

산책자의 마음
도망친 곳에서 발견한 기쁨

초판 발행 2025년 12월 30일

지은이 정고요

책임편집 허정은 ㅣ **편집** 이민희
디자인 이강효
마케팅 이보민 손아영

펴낸곳 (주)엘리 ㅣ **펴낸이** 김정순
출판등록 2019년 12월 16일 제2019-000325호
주소 04043 서울시 마포구 양화로 12길 16-9(서교동 북앤빌딩)
전화 02-3144-3123 ㅣ **팩스** 02-3144-3121
전자우편 ellelit.book@gmail.com ㅣ **인스타그램** @ellelit2020

ISBN 979-11-91247-70-1 03810